AF291595

NE PEUT ÊTRE VENDU À L'UNITÉ

Édouard ROBERT

NE PEUT ÊTRE VENDU À L'UNITÉ

ROMAN

© 2021 Édouard Robert

Éditeur : BoD-Books on Demand
12-14 rond-point des Champs-Élysées, 75008 Paris
Impression : Books on Demand, Norderstedt, Allemagne

ISBN : 978-2-3222-7074-3
Dépôt légal : Mars 2021

Sincères remerciements à
Emmanuel,
Jean,
Bruno,
Gérald,
Olivier,
Jérôme,
Agnès,
Jean François,
Anne-Sophie et Gilles,
Didier,
Roselyne,
Elisabeth,
Sébastien,
Gabriel,
cette sacrée bande de guignols sans lesquels
ce livre n'aurait jamais pu voir le jour.

Note de l'auteur :
Toute ressemblance avec des évènements actuels ou passés ne serait que purement fortuite.

« Le principe fondateur de la vie politique c'est que certaines personnes disent aux autres ce qu'elles doivent faire. »

David Runciman
Cambridge university

1

CSAK EGYSEGSCOMAGBAN ERTEKESITHETO

« Alors…

— Alors… ? C'est une question ?

— Le mieux c'est de ne pas poser de question, vous parlez, je vous écoute.

— Par quoi commencer Docteur, c'est…

— Ne m'appelez pas Docteur, jamais.

— Comment voulez-vous ? Monsieur ?...

— Non plus.

— Ah ?... C'est… c'est que c'est la première fois que je me rends chez un psychiatre, et… je…

— Votre prénom, Clément c'est bien cela, alors appelez-moi Jack, d'accord Clément ? C'est le plus simple.

— D'accord, d'accord Jacques, d'accord, c'est entendu.

— D'Jack Clément, pas Jacques, d'Jack, c'est différent, un détail mais il vaut mieux démarrer sur de bonnes bases, vous comprenez ?

— Oui Jack, c'est compris.

— Bien. Clément, avant de me parler de vous racontez-moi le monde que vous avez traversé pour venir jusqu'ici.

— Le monde ?

— Oui, la rue, les gens, les transports, le temps qu'il fait, les conversations que vous avez pu avoir, entendre, vous êtes venu comment ?

— A pied et en bus, le trois.

— Pratique, l'arrêt n'est pas très loin d'ici, alors Clément, ces nouvelles du monde ?

— Et bien, comment dire… vous devez le savoir nous n'avons pratiquement pas eu d'hiver et…

— Je ne sais rien Clément, rien du dehors, je m'impose tous les ans quelques semaines de retraite totale, je reste enfermé dans mon appartement, ici, ce cabinet en fait partie, pas d'infos, ni de radio, de télévision, d'internet, de journaux, rien, de temps à autre un coup d'œil au ciel et à la rue par la fenêtre et c'est tout. Le téléphone juste pour assurer les rendez-vous, un peu comme ce nouveau truc tendance, le *dry january*, vous connaissez ? Le mois sans alcool.

— Oui.

— Vous me disiez que l'hiver était discret cette année…

— Très, beaucoup de pluie et une grande douceur, les jonquilles sont sorties avec de l'avance sur les pelouses des ronds-points, les oiseaux chantent tôt le matin, la vie est paisible, les gens semblent heureux, c'est bientôt la fin des vacances scolaires d'hiver, les stations de montagnes sont bien enneigées, le championnat de football a repris de l'intérêt, vous vous intéressez au football ?

— Le football ? Je ne sais pas ce que c'est Clément, mais c'est un truc dont j'entends parler régulièrement, c'est quelque chose que vous suivez de près ?

— Un peu oui, par obligation, pour le travail, pour ne pas tomber des nues.

— Quel est votre travail Clément ?

— Je suis conseiller clientèle dans une banque, une… grande banque.

— Depuis longtemps ?

— J'allais dire trop…

— Vous pouvez tout dire.

— Bientôt dix ans, je viens d'avoir trente-trois ans, l'âge du Christ, enfin, c'est ce que l'on dit…

— Vous y croyez ?

— Au Christ ? S'il avait bien trente-trois ans ?

— Oui, entre autres, mais plus généralement que pensez-vous des religions ? Vous êtes pratiquant Clément ?

— Non Jack, je n'en pense rien.

— C'est bien de m'appeler Jack. Rien, non, on pense toujours quelque chose.

— Mais cela m'ennuie, cela m'ennuie d'en parler, je ne suis pas venu pour cela.

— Vous êtes venu pour quoi alors ? Est-ce que vous le savez ? Plus exactement est-ce que vous pouvez le dire, l'exprimer ?

— C'est… et bien pour simplifier les choses, c'est à cause du dimanche, tout est parti de là, les dimanches sont effrayants, je ne sais pas pour les autres, les familles, mais pour moi, les célibataires, les gens seuls, ce sont des heures dures à passer, c'est le jour le plus triste de la semaine, il est vide, comme la ville, et derrière lui le lundi patiente, attend que le troupeau regagne les usines, les bureaux, les banques pour parler de moi… et que… que tout recommence.

— Vous vivez donc seul ?

— Oui, mais on vit tous seuls, on est seul aussi chez les hommes disait le Renard dans le Petit Prince.

— Vous êtes sûr que c'est le Renard ?

— Il me semble bien.

— Vous avez toujours vécu seul ?

— A peu près oui, un peu avant mes dix ans j'avais commandé au Père Noël un petit chat, mes parents venaient de se séparer, chacun vivait en appartement et ni l'un ni l'autre ne souhaitait s'encombrer d'un animal, alors mon père m'a offert un Tamagotchi, cela vous dit quelque chose ?

— Absolument pas, un Tamagotchi ?

— Comment dire…, un être vivant électronique, cela ne ressemble ni à un chat ni à aucun autre animal, ni à un humain non plus bien que l'on puisse le considérer comme un petit bébé que l'on va élever. Vous avez sûrement dû en entendre parler un jour ou l'autre. Le mien s'appelait Jimi, rapport à Jiminy Cricket, Pinocchio pour le coup cela vous rappelle certainement quelque chose ?

— Bien sûr.

— Vous avez vu mon nez, remarqué comme il est long ?

— Il est pointu, c'est une particularité comme une autre, le mien est rond…

— Et bien le mien était suffisamment pointu pour qu'à l'école on me surnomme Pinocchio, les enfants sont méchants, souvent cruels entre eux, Jimi était un petit jardin secret qui m'a accompagné durant une période difficile, aujourd'hui cela peut sembler dérisoire à côté des consoles, des réseaux, moi c'était assez basique, une puce électronique pas plus grande qu'un porte-clefs qui de temps en temps braillait pour que l'on s'occupe d'elle…

— Qu'est-ce que vous faisiez ?

— Pas grand-chose, je lui donnais à manger, cela suffisait pour le rendre heureux, il retrouvait le sourire, s'assoupissait et je le regardais dormir.

— Vous lui donniez quoi à manger ?

— Rien, de l'électronique, des aliments virtuels, un peu comme aujourd'hui, maintenant on donne du temps, enfin on donne… on gaspille, on perd son temps dans des applications…

— Personne ne nous y oblige mais il faut reconnaître que tout nous y encourage, à l'instant vous avez prononcé le mot « effrayant » en évoquant les dimanches, mais le reste du temps, quel adjectif emploieriez-vous pour qualifier ce que vous inspirent les heures qui passent ?

— L'ennui, pas très original hein ?

— Une semaine ennuyeuse et un week-end effrayant, tout ne doit pas être en permanence si noir, vous avez des frères et sœurs ?

— Non.

— Vous avez souvent des contacts avec vos parents ?

— Je ne vois plus mon père depuis quelques années, juste un coup de fil rituel au moment de Noël, il vit à l'étranger, loin, en Australie, même les anniversaires sont zappés.

— Et avec votre maman ? Vous la voyez ?

— Avec ma mère c'est différent.

— Vous arrivez à lui parler ?

— Oui.

— Souvent ?

— ça dépend, en été surtout, dans la montagne.

— Alors elle habite loin d'ici.

— Non, elle est morte, ses cendres ont été dispersées sur un chemin de montagne en Haute Savoie, celui qui mène au passage de la Pierre Rouge, vous ne pouvez pas connaître, c'est là-bas que je la retrouve, que je peux lui parler longuement en marchant. Autrement je cause parfois avec elle le soir avant de m'endormir, mais cela ne dure pas longtemps.

— Et … c'est très personnel, qu'est-ce que vous lui dites ?

— Des choses, les mots, les phrases que l'on a ratées, par manque de temps, par pudeur, par peur.

— Vous lui parlez de votre travail ?

— Non, jamais, il n'y a pas grand-chose à dire sur mon travail, je vous l'ai dit c'est ennuyeux et je ne veux pas ennuyer ma mère.

— Mais moi, vous pouvez.

— Quoi ?

— M'ennuyer, cela m'intéresse. En quoi consiste le rôle d'un conseiller clientèle dans une banque Clément ?

— Jack, tout à l'heure je vais vous faire un chèque, je suppose que vous avez une banque ?

— Effectivement.

— Et quelqu'un s'occupe de votre compte, de votre argent, c'est un conseiller clientèle.

— Ma banque est virtuelle, je n'ai jamais vu un visage ni entendu une voix, je serai incapable de vous donner un nom, un prénom, tout se fait via internet, je ne connais que deux choses, mon numéro de client et un code secret. Je pourrais être votre père, enfin presque, admettons, lorsque j'avais votre âge et que je poussais la porte de mon agence bancaire, à toute heure de la journée il y avait un grand comptoir avec une quinzaine de personnes qui s'affairaient derrière, qui vous attendaient, maintenant il n'y a plus que des plantes vertes, des clients qui font la queue et une personne, un planton qui leur demande s'ils ont rendez-vous et avec qui. Quels genres de conseils donnez-vous à vos clients ?

— Mmm… question bien embarrassante… nous leur conseillons d'adopter des comportements qui rapportent de l'argent à la banque, pour parler très vulgairement nous leur conseillons de se faire… enfumer, pour rester correct.

— Par exemple ?

— Par exemple un bon client pour une banque c'est quelqu'un qui à la fin du mois se retrouve dans le rouge, juste assez pour garder la tête hors de l'eau au début du mois suivant mais juste assez aussi pour lui prélever des agios et des frais bancaires. Ce qui enrichit les banques ce ne sont pas ceux qui ont de l'argent mais ceux qui n'en n'ont pas ou peu, ou plus du tout pendant quelques temps, le rôle d'un conseiller clientèle, entre autres, c'est d'accorder des autorisations de découverts. Bon, mais tout ça c'est du menu fretin, le conseiller clientèle c'est le soutier de base, la petite main qui vend, non, on dit placer, qui place des produits qui ne servent à rien, des assurances, des couvertures, du vent, des courants d'air à quelques euros par mois avec des noms alléchants, esprit libre, transparence… il n'y a pas plus opaque que la transparence dans les banques, les banques comme les assurances, les deux se sont mariées à force de vouloir piquer le métier de l'autre. Mais je vous ennuie avec ça…

— Clément, cessez de dire ou de penser que vous m'ennuyez, ce n'est jamais le cas. Vous n'aimez pas ce que vous faites ?

— Quelquefois on rigole.

— Entre collègues ? Vous avez des amis ? La terre n'est pas peuplée uniquement de Tamagotchis.

— Il m'arrive de me le demander, quand on commence à s'agiter, à brailler, alors un tas de trucs tombent du ciel, alors on consomme, des consommateurs, voilà ce que l'on est.

— Et des amis, dans votre travail ou ailleurs, pas forcément des amis mais des personnes avec lesquelles vous vous sentez bien, que vous avez plaisir à côtoyer, cela doit bien exister ? Vous faites du sport ?

— Non, je marche, c'est tout. Je… à l'agence je m'entends bien avec Stuart.

— Ah ? Qui est Stuart ?

— C'est le responsable du marché actions, la bourse, vous avez dû en entendre parler, vous avez déjà acheté des actions ?

— Jamais. Et vous ?

— Un peu, pour voir, Stuart m'a conseillé.

— Et alors, Stuart a-t-il été performant ?

— Énormément, Stuart est un virtuose, un extra-terrestre, il possède la classe, s'il se mettait à voler cela ne surprendrait personne…

— A voler ?

— Oui, comme un oiseau, cela m'arrive parfois en dormant, en rêvant, c'est une sensation curieuse, on a peur de se lâcher, tout se passe dans la tête, c'est comme si l'on avait des ailes dans ses pensées, on ne les voit pas, on les devine et pourtant elles sont bien là, efficaces.

— Je connais cette sensation, je l'ai déjà éprouvée. C'est un modèle pour vous ce monsieur Stuart ?

— Un modèle, un exemple plutôt, il est copié par beaucoup de monde, ses chaussures, sa manière de s'habiller, de parler, ses tics même…

— Stuart a des tics ?

— Un en particulier, l'habitude de hocher la tête par petits à-coups avec un léger sourire en coin lorsqu'il vous écoute, vous voyez, comme ça… ça, ça vous fait sourire ?

« — Pardon Clément, je pense à un vieil oncle et au chien en plastique qui dodelinait de la tête posée sur la lunette arrière de son antique Citroën, rien à voir avec votre ami, on peut l'appeler ainsi ?

— Ami ? On pourrait dire une relation, il a confiance en moi, il est parti une semaine en Chine, il m'a demandé de le déposer à Roissy et de ramener la voiture dans son garage, j'ai le privilège de m'en servir un peu, la faire tourner, jusqu'à son retour, je vais le récupérer avec.

— Bien ! Et que possède-t-il comme voiture ?

— Une Porsche.

— Rouge ?

— Comment vous le savez Jack ?

— L'intuition. On se revoit dans quatre jours Clément ? Mardi Prochain ?

— C'est possible mais en fin de journée, je vais récupérer Stuart à l'aéroport, c'est souvent plus long que prévu, les retards, les bouchons…

— Vous ne travaillez pas ?

— J'ai pris une journée de récupération.

— Vous leur avez dit pourquoi ?

— Personne n'a à le savoir, cela ne regarde que Stuart et moi, comme personne non plus ne sait que je suis ici.

— On peut consulter un psychiatre comme un kiné ou un dermato, cela n'a rien d'extraordinaire, dix-huit heures cela vous va ?

— Tiens ! Si l'on parle ensemble en ce moment c'est pour ça, vous venez de résumer mon quotidien Jack : rien d'extraordinaire ! Dix-huit heures oui, cela me convient bien. »

2

MA IKKE SAELGES ENKELTVIS

« Je présume que l'avion était à l'heure, vous avez bien retrouvé votre ami Stuart ?

— Non, il n'était pas à l'heure, enfin si, mais il a dû prendre un autre vol, initialement il devait décoller de Pékin et pour d'étranges raisons il s'est envolé de Wuhan, la ville où il résidait, plus pratique mais décevant, il aurait bien aimé faire un stop à Pékin.

— Vous lui avez donc restitué son carrosse rouge. D'étranges raisons ? Il vous en a dit un peu plus ?

— On en a parlé en chemin, il n'a pas eu trop d'explications, le pouvoir, l'administration, tout est assez secret là-bas, malgré son anglais assez sommaire il a compris qu'il se passait des choses, ressenti beaucoup de fébrilité. Durant les dernières trente-six heures ils sont restés cloîtrés à l'hôtel sans possibilité de mettre le nez dehors.

— Qui ça ils ?

— Les participants, c'était un congrès international sur le fishing bancaire, l'hameçonnage, Stuart faisait partie de la délégation française, une trentaine de personnes essentiellement parisiennes, les dernières visites culturelles ont été annulées et le repas de clôture qui devait se tenir sur un site touristique a eu lieu dans l'hôtel avec un spectacle folklorique, absolument nul et improvisé selon Stuart.

— Ils n'ont vraiment eu aucune explication ? Même bidon, c'est plutôt calme là-bas, on n'est pas à Hong-Kong.

— La seule explication en fait était une énigme, c'est ce qui l'a frappé, du bus qui les conduisait vers l'aéroport il n'a vu défiler que des rues désertes, l'impression que la ville avait été vidée de ses habitants.

— Il était peut-être tôt.

— Non, c'est ce que je lui ai demandé, il m'a répondu qu'à l'aller cela grouillait, qu'il avait fait une vidéo, et puis contrairement à leur arrivée le bus était escorté par la police, ensuite il n'y a eu aucun temps d'attente, ils avaient une salle d'embarquement spéciale au bout d'un terminal, il avait le sentiment que tout le monde était pressé de les voir décoller.

— Vous n'avez jamais été en Chine Clément ?

— Non, et vous ?

— Je voyage très peu et par ailleurs la Chine ne m'a jamais attiré. Installez-vous bien Clément, maintenant que nous avons fait connaissance je vais me placer un peu en retrait de manière à ce que ni l'un ni l'autre ne puissions regarder nos visages.

— C'est important ?

— Oui, préférable, certains de mes confrères consultent dans la semi obscurité, pour ne pas se laisser distraire, concentrer l'attention sur les mots, sur la qualité, l'émotion de la voix qui les porte, c'est aussi important pour moi que pour vous compte tenu du chemin que nous avons à parcourir l'un l'autre. Comment s'est passée votre journée mise à part la séquence retrouvaille à l'aéroport ?

— Ma journée ?... Et bien Jack, je... elle a commencé par une nuit agitée.

— Vous avez eu du mal à trouver le sommeil ?

— Non, non, mais je me suis réveillé dans l'angoisse, très tôt, avec en tête un rêve bizarre dont je me souvenais parfaitement.

— Ah ? Intéressant. Tous les rêves sont bizarres et ceux dont on se souvient le mieux surviennent durant la phase de sommeil paradoxal, racontez-moi.

— Il y a eu un hold-up à la banque.

— Votre banque ? Celle où vous travaillez ?

— Oui, mais un hold-up moderne, un deux points zéro, avant pour vider les coffres d'une banque les gens creusaient pendant des jours des tunnels à partir des égouts ou bien surgissaient armés comme un porte-avions en hurlant un bas sur le visage, tout cela est fini, là un matin autour de la machine à café la moitié des collègues criait QUOI !!!??? C'est pas possible !!! Et l'autre moitié lui répondait PUTAIN !!!!!! C'est pas vrai !!!!!!, ils étaient en train de me raconter qu'en deux clics de clavier d'ordinateur tout le pognon s'était envolé vers une île au nom improbable qui n'apparaissait même pas sur la carte. Le directeur se roulait par terre comme s'il avait avalé une purge pour chien, en me reconnaissant il s'est redressé comme un diable et entre deux spasmes s'est mis à hurler C'EST LUI !! C'EST LUI !! Alors je me suis mis à courir, ça va ?

— Continuez Clément, vous couriez vers où ? Un endroit précis ?

— Je ne me rappelle pas, je me suis enfui de la banque, j'ai traversé le boulevard et je me suis engouffré dans la librairie, je les entendais hurler, ils étaient à mes trousses, alors j'ai ouvert un livre au hasard et je me suis précipité dedans, pour me cacher.

— Un livre ? Vous vous souvenez du titre ?

— Le Grand Meaulnes, une mystérieuse histoire d'amour, un château, une fête la nuit, dans la campagne au milieu de nulle part, puis ils ont surgi entre les rayons en vociférant…

— Qui ça ils ?

— Le directeur et mes collègues, ils menaçaient le libraire de mettre le feu à tous les bouquins s'il ne me dénonçait pas…

— Stuart était là ?

— Mais non Jack, Stuart était encore dans l'avion, ou en Chine, c'était le matin. Alors j'ai pris peur, je ne voulais pas mourir brûlé, je me suis extirpé de l'histoire à la fin du chapitre deux, ils se sont emparés de moi et m'ont traîné sur un chantier de l'autre côté du boulevard, les ouvriers regardaient faire, cela les amusait…

— Mais vous avez protesté ? Quelqu'un aurait pu venir à votre secours, vous n'aviez rien à voir avec cela ?!

— Pour quoi faire ! Ils étaient tellement sûrs d'eux, j'étais condamné à mort, je devais être fusillé, passé par les armes, quatre vigiles ont exhibé des fusils et le directeur m'a demandé quelle était ma dernière volonté, il m'a proposé une cigarette, comme dans les films, une Lucky Strike dans son paquet d'origine, mais non, je l'ai informé que ma dernière envie était de pisser, que je ne pouvais plus me retenir. Alors je me suis tourné vers le mur, j'ai défait ma braguette et …

— Un instant, attendez Clément, lorsque vous avez refusé la cigarette vous auriez pu penser à autre chose que soulager votre vessie, il n'y a personne dans votre vie que vous auriez pu appeler ?

— Non, personne, tout va très vite Jack et c'est ce qui m'a sauvé, mon sexe s'était métamorphosé, il était devenu énorme, dur et froid comme de l'acier, c'était une mitraillette, je les ai tous flingués en me retournant, en commençant par les quatre du peloton d'exécution, et puis tous les autres à la suite, de longues rafales de bas en haut en balayant longuement sur les côtés, je me suis gardé le directeur pour la fin, d'ailleurs on ne dit plus le directeur, on parle du responsable d'agence, lui j'ai pris mon temps, je l'ai laissé courir vers les ouvriers en hurlant au secours, eux ils ont suspendu un instant leurs gestes au bout de leurs truelles ou de leurs pelles, ils se sont imaginés que l'on tournait un film, une série de plus pour la télé, se sont marrés entre eux puis ont repris le boulot, j'ai voulu vider mon chargeur sur le directeur, enfin, le responsable, mais il était sans fin, inépuisable, des milliers et des milliers de cartouches, une vraie boucherie, et puis de la bouillie, et puis plus rien, du jus, il avait disparu, pulvérisé, les balles continuaient à cribler les murs et les engins de levage, alors les ouvriers se sont mis à gueuler et moi je me suis réveillé car le plus drôle là-dedans c'est que j'avais vraiment envie de pisser et au fur et à mesure que je remplissais la cuvette les brides de mon rêve émergeaient à intervalles réguliers, tout se déroulait à jet continu, c'est très curieux comme rêve, vous en pensez quoi ?

— Le Grand Meaulnes est un livre que vous avez lu, vous le connaissez, forcément, cela ne s'invente pas.

— Je n'ai jamais vraiment compris grand-chose à cette histoire, vous l'avez lue ?

— Oui, il y a très longtemps, cette histoire comme vous dites est une non histoire d'amour, enfin c'est mon interprétation. Ce n'est sûrement pas par hasard que vous vous êtes caché, réfugié dans ce livre, c'est ce que je retiens de votre rêve, l'argent disparu, le massacre sur le chantier ce sont des rideaux de fumée, des leurres, grotesques, qui détournent de l'essentiel. Vous m'avez bien demandé ce que j'en pensais Clément ?

— Tout à fait Jack.

— Et bien le décryptage de ce récit pourrait être le suivant, on peut être amené à déduire que vous n'êtes pas heureux, épanoui dans votre travail, c'est un peu une confirmation du premier échange que nous avons eu la semaine passée. Ne pas être heureux dans son travail, dans une activité sociale est une forme de solitude. Vous vous souvenez du prénom de Meaulnes ?

— Augustin, Augustin Meaulnes.

— Vous possédez une meilleure mémoire que moi, le nom Meaulnes, à quoi vous fait-il penser ?

— Au livre bien sûr.

— Bien sûr, mais encore, si cela devait-être un objet, quelque chose, qu'est-ce que cela évoquerait pour vous ?

— Un arbre.

— Excellent ! Vous êtes sûr ? Quel genre d'arbre ? Il en existe des quantités.

— Grand, forcément.

— Sans aucun doute, mais où ? Au cœur d'une forêt ? Dans un jardin public ? Un platane en bordure de route nationale ?

— Non, pas une ville ou côtoyé par des voitures, je l'imagine élancé, de préférence en bordure d'un étang ou le long d'une rivière… dans un endroit silencieux.

— Cela fleure bon le peuplier tout ça ?

— Surtout pas le peuplier, trop commun, et puis les peupliers vivent généralement en bande, Meaulnes est un solitaire.

— Oui, c'est certain, un peu comme vous. Vous avez déjà vécu en couple ?

— Cela pourrait être aussi un aulne, l'arbre ?

— Oui, une rime riche avec Meaulnes. La question du couple Clément, c'est un sujet que vous préférez ne pas aborder ?

— C'est surtout un domaine sur lequel je n'ai pas grand-chose à dire. Non, je n'ai jamais vécu en couple, habiter l'un avec l'autre, ensemble, si c'est ce que vous voulez savoir.

— Je ne veux rien savoir Clément, c'est un sujet que j'évoque, simplement, vous conservez la liberté, l'envie, peut-être même le besoin d'en parler avec quelqu'un, sachant que ce faisant c'est aussi en parler avec vous-même.

— Ma vie affective, sexuelle, est un… désastre ! Voilà.

— Un mot fort. Désastre par rapport à quoi ?

— A ce que j'avais imaginé qu'elle serait, à ce que j'imagine encore.

— C'est bien, il faut, vous êtes encore jeune, tout peut arriver, tout peut toujours arriver Clément, jusqu'à notre dernier souffle. A quel âge avez-vous eu votre premier rapport sexuel ?

— Vous voyez, le désastre commence là, avec le mot rapport. Dix-neuf ans, c'est tard.

— Pas vraiment. C'est un moment dont on se souvient toute sa vie, les détails n'ont pas grande importance, mais les circonstances oui, vous pouvez en parler ?

— Mon père nous avait offert une semaine de vacances à la fin de l'hiver dans un grand parc de loisirs aquatiques, une bulle tropicale. On logeait dans un petit chalet au milieu de la forêt avec une dizaine de bûches le soir pour la cheminée et des vélos pour se balader. Une amie de mes parents est venue nous rejoindre pour deux jours, j'étais amoureux d'elle, elle avait vécu longtemps à Londres et depuis quelques mois me donnait des cours d'anglais, durant l'un d'eux elle avait posé sa main sur mon avant-bras en m'expliquant une règle de grammaire, tout est parti de là. La deuxième nuit on avait convenu de se retrouver dans son chalet, pour parler. En y repensant maintenant j'ai l'impression que je n'habitais plus mon corps, quelque chose, quelqu'un s'était emparé de mon destin et me faisait accomplir des choses folles…

— Cela vous faisait peur ?

— Pas du tout, vivre dans le secret, l'interdit, excitait mon imagination. Et puis… et puis j'avais l'impression que la totalité de l'univers conspirait avec moi. Il s'est aussi produit cette chose incroyable durant les quelques heures que nous avions passées ensemble, lorsque j'ai ouvert la porte pour regagner le chalet de mes parents : il avait neigé ! Un tapis blanc, immaculé qui pendant quelques heures a dû conserver et exposer au regard de la terre entière l'empreinte de mes pas.

— Magique !

— Tout était magique Jack, j'avais posé le pied dans un monde extraordinaire, un paradis artificiel insoupçonnable, j'étais sonné, groggy sous la déflagration du plaisir, le mien mais aussi la découverte du plaisir féminin, je…

— Vous en ignoriez l'existence ?

— Je n'imaginais pas qu'il pouvait s'exprimer avec autant de…, comment dire, violence, non, encore que…, autant de spontanéité, de désinhibition. Ah oui, Élise avait aussi un chien.

— Elle s'appelait donc Élise, quel rapport avec le chien ?

— Il dormait au pied du lit et se mettait à couiner et aboyer quand sa maîtresse criait. Vous souhaitiez bien que je vous parle des circonstances non ?

— Effectivement, pas banal comme situation. Et après ?

— La neige a fondu.

— Mais les mois, les années suivantes, vous avez vécu d'autres rencontres ?

— Rien. Enfin presque, une fois chez des amis une femme est venue se glisser dans mon lit un soir de réveillon, on avait bu, c'était nul.

— Et avec Élise, vous vous êtes revus ?

— Quelques mois, toujours en cachette, à la sauvette dans ma chambre d'étudiant jusqu'à l'été, elle était mariée et avait deux enfants.

— Vous étiez jaloux ?

— Jaloux de quoi ?

— De l'imaginer dans les bras d'un autre homme.

— Non, je n'y pensais pas. Et… je ne veux plus y penser.

— C'est vous qui avez rompu ?

— Non.

— C'est elle ?

— Non plus.

— Comment cela s'est passé alors ?

— C'est le temps, douloureusement, mais je ne veux plus y penser non plus.

— Vous voulez que l'on arrête pour aujourd'hui ?

— Oui je préfère. Mardi prochain c'est bon pour vous ?

— Même heure Clément ?

— Même heure Jack. »

3

NAO PODE SER VENDIDO
INDIVIDUALMENTE

« Vous êtes toujours en mode retraite, pas d'information ?

— Aucune ! Et c'est une discipline à laquelle je m'accroche, pas une seconde de radio ou de télévision, mon téléphone sert uniquement à cette chose bizarre et devenue saugrenue : téléphoner… Je n'ouvre mon ordinateur que quelques minutes en fin de journée et je consulte uniquement les mails relatifs à mon travail.

— Même pas ceux de votre famille ?

— Ma famille et mes amis sont au courant, j'hiberne, comme les tortues, sauf à la différence qu'en l'occurrence nous sommes à la sortie de l'hiver, une sorte de purge médiatique, et depuis quelques années je ne pense pas avoir raté grand-chose d'important.

— Donc vous n'êtes pas au courant ?

— De ce que vous allez m'apprendre, évidemment non.

— Wuhan, la ville d'où revenait mon ami Stuart a été placée en quarantaine, la ville et toute la région.

— C'est lui qui vous en a parlé ? L'explication de son étrange fin de séjour ?

— Il m'en a parlé bien sûr, mais l'affaire depuis quelques jours occupe une place importante dans les médias, il a reçu un message du Ministère de la Santé concernant toutes les personnes revenues de Chine récemment, elles doivent surveiller leur température et leur état général, au moindre doute appeler un numéro vert et consulter un médecin.

— Probablement un virus, ils nous refont le coup de la grippe aviaire, cela nous pendait au nez depuis quelques années, qu'est-ce que racontent les autorités sanitaires ?

— Pour l'instant pas grand chose, de rester prudent, ce qui ne veut rien dire, tout reste centré sur la Chine.

— Cela vous fait peur ?

— Non, cela m'intrigue et m'intéresse, sans doute parce que je connais quelqu'un qui se trouvait au cœur de l'évènement.

— Qu'est-ce qui vous fait peur Clément ? Qu'est-ce qui vous a vraiment fait peur dans votre vie ? On a tous connu des frayeurs au cours de notre existence, seriez-vous capable d'en décrire une ou de me parler de celles qui ressurgissent parfois ?

— Ma plus grande frayeur, je pense, a un lien avec le fait que je me retrouve ici aujourd'hui sur ce canapé…

— Je préfère le mot divan Clément.

— C'est vrai, j'oubliais. Et bien ce qui me fait peur c'est moi. Rien d'autre, sincèrement je ne me souviens pas avoir vraiment connu ce que l'on nomme la peur.

— Mais nous sommes tous des êtres effrayants Clément, sans exception, le côté rassurant de votre démarche c'est que vous êtes ici de votre plein gré, personne ne vous convoque pour un interrogatoire ou une déposition, si vous êtes installé sur ce divan c'est que c'est vous-même qui vous interrogez.

Parlez m'en, parlez-moi de ce Clément qui intrigue un autre Clément. Je vous écoute, prenez votre temps.

— Cet autre Clément Jack… au début je pensais que c'était un fantôme… une illusion… que cela allait passer… alors je fixais mon attention sur autre chose… je faisais mine de ne pas le voir… et puis… et puis au fil du temps je me suis mis à le croiser tous les jours… les jours mais aussi la nuit, la nuit c'est terrible, il n'y a pas l'agitation du monde, on reste là à s'observer dans le silence, on pourrait presque s'écouter respirer, les heures défilent… vous avez déjà connu des insomnies Jack ? Sûrement ?

— Comme tout le monde.

— Tout le monde mais pour des raisons diverses, tout le monde ce sont souvent des décès familiaux, des soucis d'argent, de santé, des problèmes au travail, ça également j'ai connu… mais là, ce jumeau qui possède exactement vos traits, votre visage, votre corps, votre voix, votre démarche, quelqu'un à qui vous ne pouvez rien cacher, forcément hein… désolé c'est un peu décousu non ?

— Pas du tout Clément, continuez, vous parliez avec lui ? Qu'est-ce qu'il vous disait ? Qu'il était malheureux ?

— Exactement, il ne me le disait pas mais me le faisait sentir.

— Comment ?

— Je ne sais pas, l'intuition, je le devinais, la boule au ventre, ou plutôt non, pas la boule, un grand vide, un gouffre, certaines nuits étaient devenues d'immenses miroirs qui me cernaient, auxquels je ne pouvais pas échapper, alors j'ai tenté les somnifères…

— Vous aviez consulté pour cela ?

— Non, des trucs en vente libre dans les pharmacies, j'attends jusqu'à minuit, après je me relève, un fond de verre d'eau et hop ! Je me recouche en chien de fusil et j'attends, confiant parce que je sais que cela marche, je guette le moment où je me sens partir, cette lente glissade vers le sommeil, inexorable. Quand le moment est venu je me dis que cela doit être agréable de partir comme cela, c'est plus…

— Qu'entendez-vous par : quand le moment est venu ?

— Vous savez bien Jack, le suicide, c'est un sujet dont vous devez souvent entendre parler sur ce divan…

— Et ce sujet vous en avez déjà parlé avec vous-même ?

— Parler non, mais disparaître en s'endormant c'est quand même plus… plus propre, par respect pour soi, pour son corps, mais aussi pour les autres, à moins que l'on veuille vraiment les emmerder jusqu'au bout, se venger d'eux, c'est peut-être pour cela que certains se pendent au centre de leur salon ou se tirent un coup de fusil dans le ventre ou la tête, ou alors se jettent du haut d'un pont sur une autoroute, ou sur les rails du métro à l'heure de pointe, là ils réussissent leur coup, ils ne s'appellent plus Jack ou Clément Dupont mais Incident Technique, ils changent brusquement d'état civil, deviennent subitement célèbres, jamais on aura autant parlé d'eux : par suite d'un « incident technique… », leur nom est répété à l'infini par des centaines de haut-parleurs et des milliers de gens vont rater des milliers de rendez-vous, des affaires, des histoires d'amour qui brusquement vont peut-être mourir elles aussi… disparaître…

— Ou bien naître en patientant sur le quai, dans une rame ?... Vous racontez bien Clément, c'est le signe qu'il s'agit d'un sujet sur lequel vous avez souvent réfléchi.

— Oui mais cet autre je n'ai jamais voulu le tuer, s'il m'arrive d'avaler des somnifères c'est pour le faire taire, le sommeil est comme un bâillon, il reste quelques heures au fond de moi enfermé dans son cachot, je n'ai pas de remords, je dors, vous comprenez Jack, je dors.

— Et…quand vous vous réveillez ?

— Le train-train, la routine reprend le dessus, le prisonnier est toujours là mais on fait moins attention, on n'a pas à dormir ! On n'a pas 'que cela à faire', la journée de travail est une autoroute bien balisée avec ses sucreries…

— Ses sucreries ?

— Oui, ces petits moments de plaisir, du café au lait du matin au film du soir à la télé.

— Vous êtes content de vous rendre à votre travail ?

— Je ne sais pas, mais le terme 'se rendre' évoque beaucoup de choses.

— S'il fallait ne répondre que par oui ou par non ?

— Je dirai comme mon père : « c'est la vie. », ou comme ma mère : « c'est comme ça. », je l'ai entendu des centaines de fois, une semaine sur deux, garde alternée, j'ai été élevé ou alterné à ce rythme, la semaine 'c'est la vie' et la semaine 'c'est comme ça'.

— Le mot résigné c'est quelque chose qui vous parle ?

— Je ne l'aime pas trop, je fais le dos rond selon la formule.

— A écouter ce que vous m'en avez dit la relation que vous entretenez avec votre collègue Stuart a la nature d'une forme de complicité, je suppose qu'il existe d'autres personnes dans votre entourage professionnel avec lesquelles les rapports sont agréables ?

— Bof, pas plus que désagréables, ils sont à l'image de tout le reste, on vit dans la convenance, dans le socialement correct, c'est un peu notre métier de sourire, alors ça déborde, inévitablement, et puis ça évite les conflits.

— C'est aussi une forme de dissimulation, une attitude qui au fil du temps peut s'avérer inconfortable.

— On ne peut pas changer les gens Jack, alors on change d'endroit pour aller voir ailleurs si l'herbe est différente, mais au boulot c'est pas possible, on ne peut pas traverser la rue, vous comprenez, alors on s'adapte, c'est comme ça, c'est la vie comme disaient mes parents, on en revient toujours là.

— Il n'y a pas que votre travail, la vie est faite d'autre chose, quel est votre loisir préféré ? Vous pratiquez un sport ?

— Du sport, jamais, je marche souvent, longtemps, pour aller voir ou chercher quelque chose, mais à part cela rien d'autre.

— Vous avez bien un hobby, un centre d'intérêt, lorsque vous marchez vous allez vers où ?

— Je vais souvent au cinéma, je regarde aussi beaucoup de films chez moi.

— Le film que vous emmèneriez sur une île déserte, désolé pour le cliché Clément, ou alors dans votre cellule si vous deviez être enfermé ?

— C'est un peu la même chose, l'île est peut-être encore plus cruelle que la prison, je ne sais pas, il y en a plusieurs, certains que je n'aurais pas besoin d'emporter, je les connais par cœur…

— Lequel par exemple ?

— *In the mood for love,* cela vous parle ?

— Parfaitement, Wong Kar Way, un chinois.

— Un chinois de Hong Kong, vous connaissez bien alors ?

— Très bien, de Hong Kong mais né à Shanghai, qu'est-ce qui vous attire dans ce film ? C'est une belle histoire d'amour.

— D'amour et de non amour, ce n'est pas une histoire c'est quelque chose de bouleversant, bouleversant parce que au final rien n'est bouleversé, le monde reste lisse, en surface, conventionnel, il y a eu un ouragan mais rien n'a été arraché, seuls les cerveaux garderont à jamais les séquelles d'un épisode… comment dirais-je… interdit, défendu. Vous l'avez vu plusieurs fois ?

— Une, et vous ?

— Je ne les compte plus. »

4

NIET BESTEMB VOOR LOSSE VERKOOP

« Alors vous savez ?

— D'autres patients m'en ont parlé Clément, cela commence effectivement à devenir préoccupant.

— Vous vous rendez compte, l'Espagne, l'Italie qui se cloisonnent, qui ferment les lieux publics, leurs restaurants… les journaux ne parlent que de cela, on voit des images de Chine à la télé, des avenues qui habituellement grouillent de monde sont désertes jours et nuits, il n'y a que des policiers qui patrouillent, tous masqués, là-bas les gens ne peuvent plus aller faire leur courses, les autorités déposent devant chaque logement un panier de ravitaillement quotidien, tout cela en quelques jours, c'est incroyable !

— Mais bien réel, le plus préoccupant d'après ce qui m'a été rapporté c'est que l'on ne connaît pas exactement la cause de tout ceci…

— Et cela ne vous donne pas envie de quitter votre bulle, rompre le jeûne que vous vous imposez, acheter des journaux ?

— Qu'est-ce qu'ils racontent les journaux ?

— Ah, vous voyez… ils racontent les mêmes absurdités que d'habitude sauf que l'on commence à parler d'une prophétie de l'institut Berghoff aux U.S, cela remonte à cinq ans, quelque chose passé totalement inaperçu…

— Une prophétie ?

— Ou une hypothèse si vous préférez, en deux mots : ce qui menace notre civilisation ce n'est pas le feu nucléaire mais une pandémie.

— Des pandémies on en a déjà connues, nos parents ou grands-parents tout du moins, au début du siècle dernier la grippe dite espagnole a causé des dizaines de millions de morts, la donne a bien changé, l'humanité aura mis trois cent mille ans pour parvenir au milliard d'individus, aujourd'hui sur les cinquante dernières années nous sommes passés de un à… pratiquement sept milliards…

— C'est marrant Jack.

— Ni marrant ni effrayant, en quoi trouvez-vous cela marrant ?

— Il y a deux jours j'ai déjeuné avec Stuart à la cafétéria, il m'a cité les mêmes chiffres, c'est lui qui m'a parlé de l'article Berghoff, ce qui peut mettre en danger notre civilisation ce n'est pas un virus conventionnel, c'est une modification soudaine et profonde de nos comportements qui torpillerait notre économie, pour simplifier les choses…

— Stop Clément, s'il vous plaît, je vais vous dire, ce que vous évoquez est détaillé dans l'hypothèse Hopkinton qui émane bien de l'institut Berghoff, pour simplifier les choses comme vous dites, nous sommes tous des ordinateurs programmés, notre mode de comportement et de consommation est dicté, c'est un mot secret auquel on ne doit pas penser, le terme correct est : orienté par les lois du marché, pour simplifier encore plus les choses ce sont les mêmes mécanismes qui régissent notre estomac et notre cerveau, et pour les simplifier à l'extrême et en dépit des apparences, notre vie affective et sexuelle est pilotée de même manière que l'acquisition et la consommation d'un hamburger. Des cyniques vous expliqueront que la poésie, le romantisme, tout ce qui contribue à faire de l'amour un merveilleux mystère, c'est comment dire… de la garniture, de la sauce barbecue pour faire avaler le morceau, je doute que votre collègue Stuart vous ait parlé de cela, non ?

— Stuart ne s'intéresse vraiment qu'à une chose : le marché, ce qui peut le faire progresser et ce qui peut le mettre en danger.

— Et vous Clément, pensez-vous que le marché puisse vous mettre en danger ?

— Je ne comprends pas votre question.

— Elle est mal formulée et c'est plus qu'une question, lors de notre entretien précédent vous ne craigniez qu'une chose, cette partie de vous-même que vous maintenez dans un cachot, une oubliette, est-ce vous ou des circonstances particulières qui ont fait que vous ayez accepté cette situation ?

— C'est un peu pareil tout ça, vous pensez à quoi ? D'abord je n'accepte rien, je subis, je n'ai pas d'autre choix.

— Je pense à un évènement précis, une séquence de votre existence, une rencontre ?

— Une rencontre ?

— Quelque chose qui aurait soudainement cristallisé et révélé ce mal être ?

— Je ne rencontre plus personne, je ne fais que croiser des gens, des gens que je n'ai ou qui eux même n'ont pas envie de me rencontrer.

— Cela c'est votre vécu immédiat, mais avant ? Il faut parfois remonter loin, l'adolescence, l'enfance…, il n'y a pas eu que des Tamagochis dans votre vie ?

— Heureusement non. Mais…, mais je pourrais également répondre : malheureusement non.

— Pourquoi malheureusement Clément ? C'est un mot fort.

— Je vais vous dire, les femmes m'attirent, trop peut-être, je peux tomber amoureux trois, quatre, dix fois par jour, mais les femmes me font peur, je préfère les rêver que de vivre à leurs côtés, je dis les femmes mais elles n'y sont pour rien, je pourrais dire l'amour, j'ai rapidement compris que ce pouvait être, que c'était un état très décevant, le monde est décevant, tout. C'est sans doute pour cela que je suis ici aujourd'hui. Vous êtes marié Jack ?

— C'est un questionnement auquel je ne suis pas tenu de répondre mais s'il devait y avoir une réponse elle pourrait être : d'après vous ? Et encore : que pensez-vous du mariage ?

— Je pense que vous n'êtes pas marié, et que même sans être marié vous ne vivez pas en couple, le jeûne médiatique que vous vous imposez paraît difficilement compatible avec le partage d'un même toit. Mais je devine que vous l'avez sans doute été, marié. J'ai lu quelque part que la vie était une prairie et le mariage un enclos, pour répondre à votre question cela reflète assez bien mon opinion sur le sujet.

— On rêve ou on a tous rêver une fois d'un enclos, un jour forcément vous vous êtes imaginé, représenté, projeté dans une union sécurisante. On ne peut pas tirer un trait définitif, décréter une bonne fois pour toute que l'amour ne peut être que décevant, surtout à votre âge.

— Mais même seul on est déjà dans l'enclos Jack, la prairie que l'on se construit c'est du rêve, du fantasme…

— Et lorsque vous fantasmez une partie de votre existence, vous pensez à quoi ?

— A Charring Cross.

— Karine Croze ? Quelqu'un ? Une femme ?

— Un endroit qui n'existe pas, ou peut-être, je ne sais pas, c'est un nom que j'ai inventé, une sonorité, je ne sais même pas l'écrire, juste le prononcer, c'est d'ailleurs aujourd'hui la première fois qu'il sort de ma bouche, que j'en parle à quelqu'un.

— Et à quoi ressemble cet endroit ?

— Une grande maison, un mas provençal… avec des murs en pierres blanche, des toits de tuiles ocre… il y a… il y a plusieurs corps de bâtiment… il fait chaud, non, très beau, le soleil est éclatant dans un ciel bleu, insolent, tout est insolent, le paysage, l'habitation repose au sommet d'une colline et l'ombre également est aussi insolente que le soleil, peut-être davantage, elle est voluptueuse, à cause des grands arbres… centenaires je pense, des cyprès… quelques cèdres, du Liban probablement, gigantesques aussi… et trois séquoias plantés au siècle dernier par un explorateur, un aventurier venu vivre ici ces derniers jours, baigné dans cette lumière, enfin c'est ce que j'imagine… les arbres bordent une allée empierrée de cailloux blancs qui de la route principale serpente jusqu'à l'imposant portail en fer forgé noir. Je reviens d'un long voyage, de nulle part, avec pour tout bagage des images tristes dans ma tête… j'ai stoppé la musique dans la voiture, abaissé les quatre vitres pour écouter le tintamarre des cigales… l'excitation, les enfants ont vu la poussière s'élever sur le chemin à travers la végétation, ils ont accouru en criant vers l'entrée du domaine, le visage en fête ils m'attendent derrière les grilles, leur maman remonte lentement les marches qui mènent à la piscine, elle est vêtue d'une robe d'été légère, elle s'arrête sur le perron les deux mains sur le hanches pour contempler la scène, elle sourit, voilà, je suis bien, je coupe le moteur et m'apprête à descendre…

— Et après… ?

— C'est tout, c'est Charring Cross, c'est l'endroit où j'aimerais vivre, c'est là où je me réfugie lorsque j'ai le sum, quand il y a de la merde de chien le matin sur le trottoir de mon immeuble, quand il y a du vent et que le volet roulant claque et couine toute la nuit, quand je repense au regard que j'ai encore croisé dans la journée sans parvenir à trouver le sommeil, alors oui, je file là-bas, toujours la même scène, le même décor, la même voiture, la même musique, tout, l'ombre des arbres, les cigales, la poussière qui poudroie sur le chemin et…

— Bien sûr le regard.

— Le regard ?

— Ce regard que vous avez croisé, il… je pense qu'il doit probablement habiter le visage de cette jeune femme en robe légère sur la terrasse de la maison de vos rêves.

— On ne peut rien vous cacher mais cela n'a jamais été un rêve.

— On peut tout me cacher et on me cache beaucoup de choses. Pas un rêve, vous avez raison, alors disons un songe et… vous pouvez mettre un nom, un prénom sur ce visage, sous ce regard ?

— Oui, c'est mon secret.

— Mais je ne vous demande rien, c'est important d'avoir des secrets, nous vivons d'air, d'eau et de secrets, c'est nécessaire, indispensable. Je comprends aussi que ce soit dur d'être à la fois geôlier et prisonnier, une partie de vous est emprisonnée et c'est vous qui détenez les clefs de la cellule, c'est ce que vous êtes venu me dire ?

— Je ne sais vraiment pas ce que je suis venu vous dire, pour être très franc tout à l'heure en montant les escaliers je me demandais si ces séances, puisque c'est ainsi qu'on les appelle, si ces séances étaient vraiment une bonne idée ?

— C'est le mot séance qui vous gêne ?

— Ce n'est pas de la gêne, un peu quand même, c'est un mot souvent associé au spectacle et avec ce que je vous dis, vous raconte, j'ai l'impression de me donner en spectacle.

— Convenez que le public est limité Clément, ultra confidentiel, ce sont des conversations privées et qui le resteront, vous pouvez y mettre un terme à tout moment.

— Je souhaite aller au bout, savoir.

— Savoir quoi ?

Si c'est le bon tunnel pour m'évader, me libérer, si je dois accepter cela ou me révolter. Savoir si je suis fou Jack, enfermé à jamais dans le labyrinthe de nos réseaux stupides, savoir si une autre forme d'amour peut exister ? »

5

NICHT FUR DEN EINZELVERKAUF
BESTIMT

« Vous êtes tout essoufflé…

— J'ai couru, j'avais peur d'être en retard.

— Ah, vous voyez, vous qui ne faites jamais de sport…, vous devriez vivre à la frontière du retard, c'est un régime sain. Quelques patients ont annulé leur rendez-vous ces jours-ci, en raison de… de ce qu'ils appellent les évènements…, aujourd'hui en particulier, je suis donc très honoré par votre présence en dépit de ces circonstances bizarres…

— Quelqu'un vous a mis au courant, vous savez ?

— Considérez toujours que je ne sais strictement rien, racontez-moi, je reste arc-bouté au pont levis de ma tour d'ivoire, c'est souvent compliqué, parfois très dur mais aussi excitant en ce moment, je pensais échapper aux chiens écrasés, aux femmes battues, aux politiciens véreux, aux drames de l'alcool, de l'ennui, et là !! Racontez-moi !

— Le président a parlé vendredi soir.

— Je suis au courant, qu'avez-vous entendu Clément ?

— Il a parlé d'un virus, d'une pandémie planétaire qui risquait de bouleverser nos vies, de détruire l'économie, de jeter à terre l'équilibre du monde. Il a essayé de nous expliquer très simplement un truc qui paraît très compliqué, le mot lulibérine, cela vous dit quelque chose ?

— Oui, parfaitement, souvenir d'étudiant, c'est une hormone sécrétée au niveau de l'hypothalamus dans le bas de notre cerveau.

— Et bien ce virus qui vient de Chine et se répand sur la planète provoque un dérèglement grave et incontrôlable de la sécrétion de lulibérine, les gens deviennent ou risque de devenir fous.

— Fous !? C'est ce qu'a dit le Président ?

— Pas exactement, il a parlé de crises de démence qui peuvent conduire au suicide, des dizaines de personnes ont mis fin à leurs jours dans la province de Wuhan, des centaines d'autres ont dû être internées pour les protéger contre elles-mêmes, le restant de la population est assigné à résidence, c'est l'explication des évènements rapportés par Stuart au retour de son séjour. Il se produit le même phénomène de manière embryonnaire dans les pays européens, les gens tombent fous amoureux et abandonnent tout, c'est pour cela que des premières mesures ont été prises en catastrophe, vous en avez forcément entendu parler…

— Oui, le fameux décret, on me l'a rapporté, la fermeture des théâtres, des cinémas, des expositions, des musées, l'annulation de tous les spectacles, concerts, rencontres sportives, c'est inouï !

— Et cela ne vous donne pas envie de recoller à l'actualité, de sortir de votre retraite ?

— Surtout pas, et je vous conseille de prendre du recul avec le torrent médiatique, j'imagine que l'affaire doit tourner en boucle sur toutes les télévisions jours et nuits. Clément, de mes études de médecine je retiens que chez l'homme, et la femme…, la sécrétion de lulibérine dans l'hypophyse exacerbe le désir et la recherche de nombreux partenaires, de là à parler d'amour…

— Le gouvernement s'est entouré d'un conseil scientifique pour apprécier la situation et la gérer au mieux, ce sont pour la plupart des épidémiologistes, des infectiologues, des professeurs émérites, ils doivent rendre leurs premières conclusions et formuler des recommandations, à la suite de quoi le Président s'adressera une nouvelle fois à la nation, les gens ont peur Jack, on ne sait pas exactement de quoi est fait l'Amok 44…

— L'Amok vous avez dit ?

— Oui, l'Amok, agent malin et… je ne sais plus quoi, on ignore comment il s'attrape, on ne sait rien sur la contagion et peu de choses sur les symptômes, il paraît…

— Amok ? Ce nom me dit quelque chose, il me semble que c'est le titre d'une nouvelle de Stefan Zweig, un auteur autrichien de la fin du dix-huitième, je vérifierai.

— Il paraît que chez les sujets affectés on note une légère augmentation de la température corporelle, l'apparition de troubles récurrents du sommeil et une baisse de l'audition qui les coupe en partie de leur environnement social.

— Cela peut concerner beaucoup de monde, des gens qui dorment mal avec une température légèrement supérieure à la normal il s'en lève des milliers chaque matin, quant à la baisse de l'audition je pense que le problème de la majorité des gens qui entendent mal est surtout qu'ils n'écoutent pas, qu'ils ne veulent rien entendre. Vous vous sentez bien Clément ?

— Moi ? Comment, je…

— Bien sûr vous, cela vous fait peur cette histoire ? A l'instant vous me disiez que les gens avaient peur.

— Jack, cela fait deux fois que vous me questionnez au sujet de ce qui me fait peur, il y a quelques jours je vous ai répondu que ma plus grande frayeur tenait au fait de me retrouver dans cette pièce, vous vous en souvenez ?

— Absolument.

— Vous prenez bien des notes, je vous entends griffonner ?

— Le contexte a changé, évolué depuis quelques semaines, c'est important de vous poser à nouveau la question.

— Alors, j'ai moins peur qu'il y a quelques jours, curieusement ma crainte, car ce n'est pas une peur, ce que je redoute, vaguement, au fond de moi, c'est que les évènements finalement ne soient pas à la hauteur de… de cette hystérie collective, vous comprenez ?

— Vous craignez que le monde reste tel qu'il est ?

— Oh le monde, il suit sa route, il n'est que l'addition de sept milliards de trajectoires.

— Intéressant calcul, vous ne pensez pas que votre trajectoire peut se modifier au regard de ce qui se passe ?

— Stuart prétend que non.

— Quel rapport avec vous, votre futur ?

— Nous avons bu un verre ensemble hier, il flaire l'embrouille, il trouve que l'affaire n'est pas claire, il est obsédé par l'idée que l'économie mondiale est dans une impasse, que l'on arrive au bout du bout comme il dit, que la bulle va finir par exploser. Il m'a reparlé de la prédiction Berghoff, pour lui on est tous un ramassis de gogos en train de se faire manipuler, il prétend qu'il faut rester aux aguets, qu'il y a sûrement un paquet de fric à se faire, l'amour rage, ces gens sensés devenir fous sous le coup de la passion, ça le fait rigoler, une bonne pandémie comme il dit ! Putain ! Il fallait y penser ! C'est sa vision.

— Il est marié Stuart ?

— Non, plutôt polygame, sa Porsche, son compte titre, sa carte Infinity…

— Qu'est-ce que c'est ?

— Un rectangle de plastique. Il faut rajouter au harem son abonnement au golf et il lit Houellebecq, vous savez, l'écrivain qui dans l'un de ses romans demande comment s'appelle la masse graisseuse autour d'une… chatte, d'un vagin pour être plus précis.

— Une femme, je suis au courant.

— Et bien voilà.

— Clément, on s'éloigne du Grand Meaulnes, de In the Mood for Love et de Charring Cross. Votre dernier séjour là-bas remonte à quand ?

— Je… je suis en pension complète, vous avez bien compris que c'est un lieu hors du temps, il échappe à nos dimensions, je peux m'y rendre plusieurs fois par jour, vous avez bien intégré cela Jack ?

— Tout à fait, en vous écoutant je vois bien la poussière blanche s'élever sur le chemin de pierre qui serpente jusqu'au portail, et cette jeune femme en robe d'été qui vient à votre rencontre, c'est un endroit où vous inviteriez votre collègue Stuart ?

— Ni Stuart ni personne.

— Parce qu'un secret doit rester un secret, sinon il meurt, c'est cela ? Et vous n'avez envie de faire mourir personne, mais un secret c'est aussi… cela peut être un œuf qui demande à éclore, ne vous occupez pas de moi, pensez à ce visage… enfermé dans vos rêves, vos songes… un secret, en quelque sorte, on peut aussi voir cela comme une prison, vous la croisez souvent ?

— Qui ?

— La personne en robe d'été qui habite cette maison, votre secret, aujourd'hui par exemple, vous l'avez rencontrée ?

— Aujourd'hui comme tous les jours, enfin presque.

— Cela n'a rien d'exceptionnel vous savez, beaucoup de personnes vivent en étant secrètement amoureuses, elles ne bougent pas de peur que tout s'écroule, elles vivent dans la contemplation et repoussent en permanence ce que l'on pourrait appeler le passage à l'acte. On a souvent cité le 'coming out' à propos de l'homosexualité…

— Cela ne me concerne pas…

— Oui ou non là n'est pas la question Clément, si vous ne portez pas atteinte à la vie d'autrui il ne faut pas attenter à votre propre liberté qui est de vivre ce que vous avez envie de vivre et de dire ce que vous avez envie de dire, vous en pensez quoi ?

— Je… j'aimerais que l'on change de sujet.

— Quelque chose vous gêne ?

— Non, mais vous venez de me parler de la liberté de dire ce que j'ai envie de dire, alors je le fais. Ne prenez pas cela pour de la gêne, ce n'est pas le terme exact, c'est plutôt une forme de pudeur, je le ressens ainsi, d'ailleurs pour être très franc je regrette de vous avoir parlé de certaines choses.

— Lesquelles par exemple ?

— De Charring Cross. Lors de notre dernier entretien j'étais heureux de l'avoir fait, soulagé, vous étiez le premier, et puis… là… maintenant, je suis désolé, je… je ne sais plus.

— De quoi aimeriez-vous parler ?

— De moi ou du monde ?

— Comme il vous plaît Clément, le regard que l'on porte sur le monde parle forcément un peu de nous aussi.

— Cela vous arrive-t-il que des souvenirs lointains et anodins surgissent brutalement, sans aucune raison apparente, à la surface de votre cerveau ? Je dis anodins mais vraiment, de simples détails qui peuvent parfois confiner à la stupidité.

— Cela m'arrive mais rien n'est tout à fait anodin dans les rouages de notre mémoire, vous penseriez à quoi ?

— Ce matin en longeant le square je me suis souvenu de mon oncle, son visage m'est réapparu soudainement, j'avais l'esprit ailleurs et inexplicablement, je ne sais pas, à cause de l'odeur des arbres, de l'aspect de la pelouse, sa voix ronronnante et presque chuchotée a surgi d'outre-tombe, il est décédé, depuis longtemps, je me suis souvenu des heures passées auprès de lui, il avait un métier, un vrai.

— Un vrai comment ?

— Un savoir-faire, quelque chose d'utile, de concret, un métier quoi, pas une occupation derrière un bureau, vous je ne pense pas, mais moi on peut me remplacer du jour au lendemain cela ne changera pas la face du monde, il y aura toujours des taupes dans les jardins.

— Pourquoi des taupes ?

— Mon oncle était le taupier attitré de la ville, c'est lui qui régnait sur les pelouses des parcs et jardin publics, parfois le mercredi matin avant l'ouverture des grilles je l'accompagnais, je sais à présent, c'est l'odeur des troènes qui a provoqué la résurgence de ces souvenirs. Pour moi c'était comme une chasse au trésor…

— Un rite un peu cruel tout de même.

— C'était la guerre, un combat entre le tapis vert immaculé et les monticules de terre fraîche remuée, je dis la guerre parce qu'en découvrant le spectacle il arrivait que mon oncle grommelle entre ses dents : « Nom de Dieu ! Encore un trou d'obus ! »

— Il, enfin… vous en attrapiez souvent ?

— C'était rare que nous rentrions bredouille, il repérait de loin si le piège avait fonctionné, la taupe mourait étouffée, écrasée entre les mâchoires de métal du piège. Il intervenait également sur les parcours de golf, sans moi.

— Pourquoi me racontez-vous cela, vous avez une idée ?

— A cause de l'odeur des troènes, je ne vois pas d'autres explications.

— Que faisiez-vous des taupes ?

— Mon oncle les gardait, c'était son secret, pendant longtemps circulait dans la famille la rumeur des manteaux et des chapeaux en peau de taupes, mais c'était une fausse piste, les fourrures naturelles n'ont plus la cote actuellement, j'ai fini par apprendre qu'il les revendait à une société spécialisée dans la pêche à la mouche.

— Intéressant, je suis pêcheur.

— Ah ? C'est bizarre çà.

— Pourquoi bizarre, beaucoup plus courant que la chasse aux taupes qui n'a rien de bizarre même si cela reste assez confidentiel.

— Je ne m'imaginais pas un psy pêcher à la ligne, c'est plutôt…

— Pas à la ligne, je pêche au fouet, la truite. En réalité je marche plus que je ne pêche, cela vous paraît moins bizarre ?

— Je comprends…, je comprends, vos questions c'est le fouet et la mouche, moi je suis la truite. En somme vous vous entraînez à longueur d'année. »

6

NIET BESTEMB VOOR LOSSE VERKOOP

« Je me posais la question si vous alliez venir ?

— Je vous aurais appelé.

— Vous êtes le premier patient et le dernier de la journée, je pourrais même rajouter de la semaine, enfin, je présume…

— Vos rendez-vous ont été annulés ?

— Tous, pratiquement, les autres n'ont pas été honorés.

— Le gouvernement a décrété avant-hier l'état d'urgence sanitaire, la population est confinée, personne ne peut quitter son domicile sans motif valable, c'est pire que le couvre-feu, de jour comme de nuit. Le Président s'est adressé à la nation, il a martelé plusieurs fois : « *Nous sommes en guerre !* ». En me rendant ici j'avais l'impression de traverser un désert lunaire, le boulevard vide, aucun bus, quelques rares voitures, le premier jour ceux qui le pouvaient se sont précipités vers leurs résidences secondaires à la campagne ou en bord de mer, les autres sont restés prisonniers dans leurs clapiers. La concierge de mon immeuble héberge son vieux père, hier il nous racontait que cela lui rappelait l'exode, quand l'armée allemande campait aux portes de Paris. Tous les commerces sont fermés, les bars, les restaurants, particulièrement les lieux de rencontres, là où les gens peuvent se croiser, c'est ici que réside le problème, on le sent bien, d'autres mesures vont être annoncées, seuls les magasins d'alimentation sont autorisés à rester ouverts, les pharmacies et vous, les médecins.

— Et vous êtes malgré tout venu !

— Et je reviendrai, mais il faudra m'établir un papier, une ordonnance comme quoi nous avons bien rendez-vous tel jour à telle heure, tous les déplacements sont contrôlables, la police peut nous arrêter à tout moment. Le gens ont l'obligation de présenter une attestation dite dérogatoire qui justifie leur déplacement.

— Effectivement c'est vraiment la guerre, mais la guerre contre quoi ? On en sait un peu plus sur ce prétendu virus ?

— On ne sait que ce que racontent les journaux et les télévisions, beaucoup de gens sont placés à l'isolement…

— Isolement ? Je crains que cela soit un euphémisme Clément.

— Sans doute Jack, je n'ai jamais encore entendu parler d'internement. On nous répète que les structures d'accueil sont menacées de saturation. On connaît également plus précisément ce que veut dire AMOK, Agent Malin Ordinaire Knock-on effect, les trois derniers mots sont anglo-saxons, cela signifie ricochet, un ricochet planétaire qui traverse les océans et joue à saute-moutons de pays en pays, de continent en continent, la dernière fois vous m'avez parlé de l'un de vos souvenirs de lecture, le titre d'une nouvelle qui portait le même nom, Amok…

— Absolument et j'ai mis la main dessus, c'est une vieille édition, je l'ai relue et trouvé cela vraiment troublant, elle est là, fermez les yeux, écoutez, j'ai surligné certains passages en rapport avec ce que nous vivons :

Je perdis tout contrôle sur moi-même… ou plutôt je savais que tout ce que je faisais était insensé, mais je n'avais plus aucun pouvoir sur moi… je ne me comprenais plus moi-même…

Savez-vous ce que c'est que l'Amok ?

C'est plus que de l'ivresse… c'est de la folie, une sorte de rage humaine, littéralement parlant… une crise de monomanie meurtrière et insensée, à laquelle aucune intoxication alcoolique ne peut se comparer.

Et puis encore ceci :

Les gens des villages savent qu'aucune puissance au monde ne peut arrêter celui qui est en proie à cette crise de folie sanguinaire… et, quand ils le voient venir, ils vocifèrent, du plus loin qu'ils peuvent, le sinistre avertissement : Amok ! Amok !

Écoutez ceci également, c'est confondant :

Sans rien voir de ce qu'il y avait à droite ni à gauche, sous l'emprise de cette folie, je me précipitai… derrière cette femme, on pourrait remplacer femme par le mot homme, *En tout, une heure après l'entrée de cette femme dans ma maison, j'avais jeté mon passé par-dessus bord et je me précipitai dans le vide comme un Amok…*

Et en guise de conclusion j'ai relevé ces derniers mots :

Mais l'Amok a les yeux troubles ; il ne voit pas où il se précipite…

Comment réagissent les gens autour de vous, au travail par exemple ?

— Euh, hmm, hmm, je pense que vous n'avez pas parfaitement pris la dimension de ce qui est en train de se passer, il n'y a plus de travail.

— Comment cela plus de travail ?

— Non, le maître mot est : restez chez vous ! Ce n'est pas un conseil, c'est un ordre, une injonction qui tourne en boucle à longueur de journée sur les radios, les télévisions, les journaux, partout. Seules sont au travail les personnes qui assurent le bon fonctionnement des services essentiels de l'état, la santé, l'alimentation, la sécurité. Pour le reste soit les gens sont au chômage partiel, soit en télétravail, ce qui est mon cas.

— Vous travaillez donc de chez vous ?

— Oui, dans la banque maintenant tout est affaire d'informatique, ce n'est pas à vous que je vais l'apprendre, vous qui avez une banque en ligne, invisible.

— Et vous vous organisez comment ?

— J'allume mon ordinateur, c'est la première chose, après je peux prendre mon petit déjeuner, tranquille, en pyjama, en réalité j'ai deux PC, celui pour le boulot et le perso, l'important c'est d'être connecté, c'est ce qui compte pour le taff.

— Hier par exemple, qu'avez-vous fait Clément ?

— Hier matin Stuart m'a appelé et hier après-midi je me suis ouvert un compte titre.

— Dans votre banque ?

— Bien sûr. Vous avez déjà acheté des actions ?

— Jamais, c'est un domaine où je ne comprends rien, et puis… cela ne m'intéresse pas. Pourtant il m'est arrivé d'écouter les récits de personnes allongées à votre endroit, ruinées par pas mal de choses, la bourse entre autres, vue de loin comme cela mon analyse est qu'il faut laisser cette jungle à des professionnels, non ?

— Suart prétend qu'il faut posséder trois choses fondamentales : de l'argent, du temps et des nerfs, plus une quatrième qu'il faut savoir attraper au vol : l'opportunité. C'est le cas aujourd'hui.

— Si Stuart le dit. Qu'avez-vous acheté comme actions ?

— Des actions de la banque.

— De celle où vous travaillez ?

— Principalement, mais pas toutes, j'ai également picoré dans d'autres secteurs bancaires au gré des effondrements, c'est vrai que les banques ont particulièrement morflé… mais je ne veux pas vous embêter avec cela ?...

— Non, non, non, continuez, d'ailleurs considérons que vous ne me devez rien pour la séance d'aujourd'hui, à situation exceptionnelle… vous connaissez la formule…

— Merci, cette situation ne vous donne pas envie de vous reconnecter à l'actualité ?

— Non, et vous, elle ne vous incite pas à mettre un terme à la thérapie, au travail que nous avons entamé ?

— Non plus, à ceci près que je ne considère pas cela comme un travail.

— Clément, remplaçons ce mot, appelons cela exploration. Nous parlions des bancaires qui avaient morflé.

— Oh, pas que les banques, l'ensemble du marché s'est aussi effondré, l'indice général qui campait au-delà des six mille points s'est en quelques jours replié sous les quatre mille, une chute de plus de trente pour cent, à ce stade ce n'est plus un repli mais une débâcle, on retrouve les niveaux de la crise financière de 2008, les sub-primes, vous vous souvenez ?

— Très bien, les centaines d'employés des grandes banques New-Yorkaises qui du jour au lendemain se retrouvent sur le trottoir avec leur bureau sous le bras enfermé dans une boite en carton, oui je me souviens bien, vous pensez qu'on en est là ?

— Pas du tout, on en est loin.

— Vous restez malgré tout optimiste, c'est bien.

— Jack, je n'ai pas terminé, vous m'avez mal compris, on en est loin parce que c'est bien pire, rappelez-vous ce qu'a répété le Président : « Nous sommes en guerre ! ». Il y a douze ans l'ensemble de l'économie continuait à tourner, les restaurants, les cinémas, les commerces étaient ouverts, il n'y avait pas de restrictions de liberté, les gens continuaient à aller et venir selon leur gré, aujourd'hui tout est cadenassé, l'argent ne circule plus et les gens sont payés à ne rien faire, le télétravail c'est bien joli, mais les maçons, les plombiers, les carrossiers, les coiffeurs, ça leur fait une belle jambe le télétravail, tout est à l'arrêt, vous comprenez Jack, tout ! Ce matin on a fermé l'aéroport d'Orly, Orly désert ! Vous vous rendez compte !

— Orly, Orly est fermé !? Mais où vont les gens ?

— Nulle part, ils restent chez eux, de toutes manières les frontières ont été rétablies en un tour de main.

— Mais l'Europe ! Quand même ! La Chine, les États-Unis je veux bien…

— L'Europe ! Elle a tenu quelques heures puis tout s'est cassé la figure comme un jeu de dominos, la totalité des pays ont réinstauré un contrôle aux frontières.

— C'est incroyable, que disent les journaux ? Ils continuent à paraître ?

— Oui, tous, et ils s'en donnent à cœur joie, c'est d'ailleurs très curieux cette histoire de journaux…

— Qu'y a- t-il d'étrange à ce qu'un journal paraisse ?

— Vous voyez, à vous entendre il semblerait que cela vous manque… Stuart a du mal à comprendre que l'on ferme tout mais pas les imprimeries, ou plutôt il comprend trop bien, il nous a déclaré en visioconférence : « *cette pandémie c'est un putain de foyer, un feu, une forge qu'il faut alimenter, et la presse fait son boulot, chaque jour elle souffle sur les braises… »*

— Et alors…

— Alors on a tous rigolé, c'est Stuart, on le connaît bien, il fait du Stuart. Ce n'est qu'après qu'il m'a appelé pour me conseiller d'ouvrir un compte titre. Vingt-quatre euros et des poussières, c'est le cours de l'action de la banque aujourd'hui, d'après lui on est au fond du trou.

— …, …, …

— Vous ne dites rien ?

— Je m'interroge… je repense à la lulibérine, c'est un joli nom vous ne trouvez pas ?

— Cela chante bien, sonne joliment à l'oreille.

— Qu'est-ce que cela évoque pour vous ?

— Au premier abord on pourrait penser à un insecte, une libellule par exemple, quelque chose de gracieux, avec du mouvement.

— Oui, bien vu. En fait je m'interroge comment la sécrétion d'une hormone au si joli nom, tapie dans notre hypothalamus, peut engendrer de tels ravages économiques, drôle d'époque et drôle d'insecte, n'est-il pas vrai ?

— Il y a pire Jack, puisque vous parlez d'époque et de ravages, vous auriez dû lire le journal ce matin… le Criquet Pèlerin, cela vous dit quelque chose ?

— Je vois où vous voulez en venir, Attila ne fait pas le poids à côté de ce pèlerin là, c'est donc reparti ? Vous souhaitez vraiment me réabonner à l'actualité !

— Du jamais vu ! La pire crise, j'ai encore les chiffres en têtes, ils sont hallucinants, un nuage de la taille d'un département qui peut parcourir plus de cent kilomètres en une seule journée, des dizaines de milliards d'individus qui dévorent toute la verdure sur leur passage, ils boulotent quatre cents mille tonnes de nourriture, les récoltes de l'année sont anéanties en quelques heures, et se sont toujours les mêmes populations qui trinquent, l'Éthiopie, la Somalie, le Kenya…

— Toujours les mêmes, Clément, toujours les mêmes… il leur reste les églises, les mosquées, les temples et les synagogues pour se lamenter et espérer… c'est un refrain récurrent, en tous cas, vous, j'ai l'impression que l'actualité vous dope, non ?

— Vous trouvez ? Qu'est-ce qui vous fait penser cela ?

— Je vous perçois, malgré la noirceur des évènements…, enjoué, non, ce n'est pas le mot, impliqué, plus impliqué dans la marche du monde, et puis… vous allez, ou… vous risquez de devenir un homme riche.

— Vous risquez ? Stuart ne se trompe jamais.

— Je ne parle pas de cela. Le risque de l'argent c'est qu'il nous détourne de nous- mêmes, de l'essentiel, de ce que pourquoi nous sommes là aujourd'hui, l'argent n'a jamais fait disparaître aucun de nos maux, on a l'impression qu'il additionne mais en réalité il soustrait, pour résumer c'est un grand dissimulateur. Vous en avez acheté beaucoup des actions ?

— Tout.

— Tout ? Toutes vos économies ?

— Tout. Stuart a dit : « *tu vides tous tes comptes, tu bazardes tout, ta bagnole, ton appart', ta femme, tes gosses, ton chien, ta chemise, tout !* », c'est une image bien entendu.

— J'avais compris.

— Mais j'ai même fait pire, vous voulez vraiment tout savoir ?

— Je suis un peu ici pour cela.

— Oui, enfin bon… Le monde de la finance marche un peu sur la tête en ce moment, vous en avez peut-être entendu parler mais dans certains pays il existe des taux d'intérêts négatifs, cela a beau concerner mon métier, c'est difficilement compréhensible, vous déposez cent euros sur un livret d'épargne et au bout de quelques mois il ne vous reste plus que quatre-vingts dix-neuf euros et des poussières, c'est cela qui doit nous mettre la puce à l'oreille, il y a quelque chose de vérolé dans le système, moi hier sur les conseils de Stuart j'ai emprunté dix mille euros sur douze mois à un organisme de crédit, et bien je vais devoir rembourser dix mille vingt-sept euros sur un an, vingt-sept euros d'intérêts ! Vous vous rendez-compte !

— Oui Clément, *ta femme, tes gosses, ta chemise, tout...* je dois bien oublier deux trois trucs au passage, mais Charring Cross, vous vendriez Charring Cross ?

— Non, et vous savez pourquoi.

— Bien sûr, et tout le monde le sait, à commencer par vous, les choses qui n'ont pas de prix sont invendables et contrairement à une toile de maître personne ne peut vous les dérober. Si ! Une seule personne au monde : vous-même ! Ce serait une bêtise, non un crime, vous n'allez tout de même pas vous piller vous-même ! Je ne pense pas que le meilleur chemin pour parvenir à l'apaisement soit l'accumulation de richesses, ne sacrifiez pas vos rêves sur l'autel de l'argent, restez sur cette allée de pierres blanches qui serpente vers ce portail en fer forgé que vous décrivez si bien. En fermant les yeux je parviens à entendre le chant des cigales, apercevoir également cette légère poussière s'élever et flotter lentement dans le sillage de votre auto, la poussière des songes... je pense qu'il faut mettre à profit la période que nous traversons pour tenter d'aller un peu plus loin dans le domaine de ce que l'on appelle 'nos *songes*', nous sommes encore au cœur de ce que quelques-uns ne vont pas tarder à baptiser *'le monde d'avant'*, j'en suis certain, et bientôt vous verrez, demain peut-être, on va commencer à nous parler *'du monde d'après'*, à l'échelle de la société au sens large du terme je pense que l'on se dirige vers une escroquerie, mais vous Clément, tout comme moi Jack, nous avons intérêt à profiter de l'aubaine pour remettre en cause notre comportement et notre mode de pensée, c'est souvent au cœur des tourmentes que l'on va découvrir sa propre lumière, je sais, c'est pompeux, tout ce que je déteste, mais il doit forcément exister une autre opportunité que… bancaire, non ?

— Vous parlez d'escroquerie, comme Stuart ?

— Votre ami parle d'argent, et puis… ce n'est qu'une supposition, de son côté comme du mien, nous en apprendrons plus dans les semaines qui viennent. Avant de nous séparer Clément, si vous deviez retenir une seule image de votre journée, quelle serait-elle ?

— De ma journée ?

— Oui, si avant de vous endormir il n'y avait qu'une seule chose à sauvegarder de ce que vous avez pu voir, entendre, un visage, une action, une expression, une parole…

— Et bien, quelque chose de curieux, en remontant le boulevard désert j'ai frôlé sur le trottoir quelqu'un qui, grimpé sur un escabeau, repeignait le portail de son jardin, ce qui était surprenant c'était ce décalage, cet endroit où d'ordinaire défilent des milliers de voitures, des bus, des camions, et là rien, un fleuve si silencieux que l'on aurait pu entendre le frottement de la brosse du pinceau.

— Et alors, vous connaissiez cette personne ?

— Non, absolument pas. C'était une jeune femme. »

7

MA IKKE SAELGES ENKELTVIS

« Cette fois ci je suis en avance, j'ai pourtant pris mon temps, j'en profite au maximum, je me suis même fait contrôler.

— Par la police ?

— Une voiture en patrouille dans les rues désertes, j'avais mes deux attestations, la mienne et la vôtre, ils arrêtent tout ce qui bouge, et des gens qui bougent il y en a de plus en plus, on a le droit de faire du sport, de l'exercice une fois par jour, alors on aperçoit des gens courir dans tous les sens, il paraît que cela ne va pas durer, un décret est prêt qui n'autorisera la pratique sportive que durant une heure maximum et dans un rayon d'un kilomètre autour de son domicile, c'est comme les chiens…

— Les chiens !?

— Oui, les chiens, on n'a jamais vu autant de personnes promener leur chien aussi souvent, on n'a jamais vu non plus autant de chiens, à croire que précédemment ils ne sortaient jamais, tous les prétextes sont bons pour mettre le nez dehors, les gens se signent des autorisations à tout va, quelqu'un dans mon immeuble part acheter son pain deux fois par jour, le matin et le soir, on a un boulanger au coin de la rue mais il marche durant une demi-heure prétextant être à la recherche d'une boulangerie ouverte. Les supermarchés sont pris d'assaut, littéralement dévalisés, les gens après avoir fait la queue stockent de sucre, du riz, des pâtes et du papier Q, ce qui est surprenant…

— Du papier Q !?

— Incroyable et incompréhensible hein, Stuart prétend qu'à rester confinés ils ont peur de trop de se faire chier…

— Délicat, il ne manque pas d'humour votre ami Stuart.

— Stuart ne manque de rien.

— Surtout pas de bons conseils, à ce propos qu'en est-il de vos supposés juteux placements ?

— On est toujours au fond du trou mais l'eau commence à frémir, ce sont les pétrolières qui trinquent dur en ce moment, interdiction de voyager égal chute de la consommation, une chute vertigineuse, plus rien ne roule et ne vole, l'offre est beaucoup plus forte que la demande au point que l'on marche sur la tête, les stocks sont au plus haut, ils débordent, toutes les cuves et les super tankers remplis à ras bord, on ne sait plus où le mettre ce foutu pétrole, alors on le donne…

— On le donne !?

— Pire ! Bien pire ! Si vous achetez, enfin acheter n'est pas le terme exact, si vous prenez du pétrole on vous donne de l'argent avec, vous m'entendez bien : vous acceptez de stocker des milliers de barils, ce pétrole vous est offert, et on vous verse des dollars pour vous remercier.

— C'est incompréhensible, ce monde devient hallucinant !

— Non, ce qu'il faut comprendre c'est que l'on ne peut pas arrêter l'exploitation d'un puits de pétrole, cela coûte une fortune, alors il vaut mieux le donner… vous vous rendez compte Jack ! Qui il y a quelques semaines aurait pu prévoir un tel bouleversement !?

— Mais la pandémie en elle-même, on en est où ?

— On parle surtout du sud de l'Europe, de l'Espagne, de l'Italie, tous les pays ne prennent pas les mêmes mesures, l'Angleterre et la Suède par exemple n'ont pas décrété le confinement de la population, ils font appel au bon sens et au civisme des citoyens, au respect de ce que l'on appelle les gestes barrière, la stratégie de l'évitement, rester concentré sur son travail et sa famille, je ne regarde et je ne parle à personne d'autre, je ne fréquente aucun autre lieu où je serais susceptible de rencontrer d'autres personnes…

— Il s'agit donc de fuir son prochain ?

— Ou sa prochaine, et puis… si je peux me permettre, en quelque sorte on peut vous considérer comme un précurseur…

— Vous faites référence à ma retraite médiatique ?

— Vous êtes un auto-confiné avant l'heure, si tout le monde avait adopté votre comportement on ne parlerait pas de l'Amok 44.

— Justement Clément, à ce propos et compte tenu des évènements j'ai un service à vous demander. Jusqu'à présent la supérette du quartier me livrait chaque semaine l'ensemble de la liste des courses que je lui transmettais par internet, le « Drive » pour parler actuel. Cela devient très compliqué en ce moment, ils n'ont pas la moitié des produits, c'est un peu un deal que j'ai à vous proposer, pour différentes raisons je répugne à me prêter, enfin à me soumettre à cette règle des autorisations de sorties dérogatoires, accepteriez-vous de m'approvisionner lors de chacun de nos prochains rendez-vous, euh… j'allais employer le terme visite, cela devançait ma pensée, à vrai dire en échange du service que vous me rendriez je vous propose la gratuité des consultations, vous continuez à me parler de vous mais aussi du quotidien qui nous entoure, je pense que les deux sont liés, qu'en pensez-vous ? Il n'est pas nécessaire de me donner votre réponse dans l'instant.

— Je… euh… merci pour votre confiance Jack. Ce n'est pas une question d'argent… et puis je viens à pieds, et…

— Rassurez-vous, mon alimentation est assez frugale, vous n'aurez pas à traîner de gros sacs, je vous laisse réfléchir, si c'est d'accord je vous enverrai ma courte liste sur votre téléphone. Vous avez déjà été en Italie ?

— Pourquoi cette question ?

— Parce qu'à l'instant vous me citiez l'Espagne et l'Italie, et puis je trouve que votre description de Charring Cross recèle des airs de Toscane.

— Je vous parlais de l'Italie parce que c'est là-bas que l'on a recensé les plus importants clusters.

— Cluster ?

— C'est le terme employé par la presse pour désigner les foyers épidémiques particulièrement actifs, les médias se sont focalisés sur un petit village qui porte le nom de Megiocalabria, je ne suis pas certain de la prononciation exacte, en quelques jours la vie quotidienne a été bouleversée là-bas, pour sept mille habitants on recense une soixantaine de cas de mise à l'isolement, ce qui est considérable, les chaînes d'informations relatent en boucle avec une certaine gourmandise que c'est le curé du village qui le premier a été atteint par le virus, au cœur de l'après-midi les cloches de l'église se sont mises à carillonner interminablement sans aucune raison, le Padre comme ils disent avait programmé le mécanisme ad vitam aeternam, il a fallu couper l'électricité pour les réduire au silence. Pendant ce temps il s'était enfui avec la fille du maire au volant de la voiture de ce dernier, c'est un barrage de carabiniers qui les a stoppés au bout d'une trentaine de kilomètres. Passée la stupeur, une vague contagieuse s'est propagée dans tous les foyers, rares sont les familles qui n'ont pas été touchées.

— Touchées par quoi exactement ?

— Par le virus de l'Amok, des femmes, des hommes se sont mis subitement à se désirer les uns les autres, des passions secrètes, inavouées ou inavouables, c'est ce que l'on nous explique, s'affichent au grand jour et mettent gravement en péril le tissu social et économique du pays.

— Vos raccourcis sont assez hardis.

— Vous savez, ce n'est pas uniquement une question d'amour, ou de sexe comme on pourrait le supposer, des personnes quittent soudainement leur emploi, abandonnent leurs responsabilités au mépris des conséquences que cela peut représenter pour les autres, on parle de la folie du sabotage et des exemples précis sont relatés, quelqu'un a stoppé sa voiture au milieu de l'autoroute, escaladé le grillage et disparu à travers champs laissant derrière lui un gigantesque carambolage ; un autre s'est enfui d'un séminaire de marketing, il a roulé à tombeau ouvert vers le sud durant un millier de kilomètres en déclenchant quarante-sept radars pour infraction à la vitesse, un record digne du Guinness. La caissière d'un supermarché du nord a pendant quelques heures laissé défiler des caddies remplis sans encaisser un centime, cela vous inspire quoi ?

— J'aime beaucoup, enfin j'aime… l'expression « à tombeau ouvert », c'est une belle image de ce que nous sommes en train de vivre, puisque vous me demandez ce que cela m'inspire je vais vous livrer le fond de ma pensée, il y a bien longtemps que le tombeau est ouvert, il l'est dès l'instant où nous poussons notre premier cri, notre civilisation est promise à la mort mais le bourreau n'est pas celui que l'on croit, le réchauffement climatique, la terreur de l'apocalypse nucléaire, l'empoisonnement de notre environnement par les particules de plastique, les criquets dont vous me parliez il y a quelques jours, la famine, la pénurie d'eau… il y a bien pire… sans trahir les règles déontologiques de mon métier je peux prendre la liberté de vous révéler la synthèse de certains des témoignages qui me sont parvenus de l'endroit sur lequel vous vous trouvez installé aujourd'hui. Nous avons encore le temps n'est-ce pas ? Je ne veux pas vous causer des ennuis avec la maréchaussée ?

— Pour les rendez-vous médicaux il n'y a pas de limites horaires à la dérogation de déplacement.

— Bien. C'est… c'est l'ennui qui nous menace, vous remarquerez que je dis : nous, je suis concerné au même titre que d'aucun, nous scellons avec beaucoup d'application et de sacrifices les invisibles barreaux de nos cellules, nous accumulons des titres et des diplômes qui nous cadenassent définitivement au centre d'une cage, souvent dorée certes, d'où ne nous échapperons plus jamais. Nous vivons dans le déni permanent, pour ne plus voir ces fenêtres grillagées nous nous ingénions à créer… des… comment dire… des divertissements ou des obligations morales, nous n'avons rien inventé, nous n'avons fait que perfectionner, les romains disaient : « du pain et des jeux », aujourd'hui ce sont des supermarchés et des jeux, les uns garnissent l'estomac, les autres les étagères du cerveau, les gladiateurs ont cédé la place à des joueurs de foot, de basket ou de baseball, le tout saupoudré de trois lotos hebdomadaires et le tour est joué, du temps des rois de France un ministre, Turgot, déclarait : « les loteries sont un impôt sur les imbéciles », quant aux supermarchés…

— Excusez-moi, je vous arrête…

— Je vous écoute…

— Le banquier rebondit sur ce que vous venez de dire, Stuart a fait un point ce matin sur la débâcle boursière, il n'y a que trois valeurs qui ne se sont pas effondrées, deux appartiennent au secteur médical et la troisième à camper dans le vert au milieu du naufrage général est la F.D.J, la Française des Jeux…

— Et bien voilà, quand tout va mal nous nous agrippons aux rêves, quand nous avons la migraine nous avalons un Doliprane, quand nous discernons des barreaux à nos fenêtres nous achetons un ticket de loterie, l'espoir est une évasion, mais pourquoi espérer à autre chose ? Nous nous enchaînons à acheter des maisons, des appartements, des biens, des domaines, sur vingt… trente ans, sur une vie, le crédit est un piège à rats, vous, les banquiers l'avez parfaitement compris, ce ne sont pas pour des murs qu'il faut s'endetter, mais pour des chemins.

— Vous n'êtes donc pas propriétaire ?

— Non, seuls mes souvenirs m'appartiennent, le reste… Et vous Clément, je suppose que dans la banque…

— Oui.

— Par contre êtes-vous bien conscient qu'il n'existe pas de Plan Epargne Logement pour Charring Cross ?

— Oui.

— Et que chaque matin lorsque vous posez le pied par terre tout peut arriver ?

Vous pouvez par exemple être atteint par l'Amok, le virus, vous êtes repassé aujourd'hui devant le jardin ?

— Quel jardin ?

— Celui dont vous me parliez la fois précédente, l'image que vous aviez retenue de votre journée, cette jeune femme qui repeignait le portail de son jardin, le seul frottement du pinceau mêlé à vos pas au milieu du désert de l'absence de circulation, vous l'avez revue ?

— Non, quel rapport avec le virus, l'Agent Malin Ordinaire ?

— A priori aucun, mais il faut se montrer attentif aux signes avant-coureurs, celui-là peut en être un, comme quelques dizaines d'autres que vous auriez pu croiser au cours de votre journée. Vous vous souvenez de ce fait divers, enfin… ce drame survenu il y a quelques années, cet avion de ligne volontairement écrasé au cœur des Alpes, deux cents passagers et membres d'équipage, pas un survivant, le co-pilote pris d'une crise de folie, de démence, était parvenu à s'enfermer seul dans le poste de pilotage pour précipiter en piqué l'avion contre le flanc de la montagne, l'horreur absolue. On n'a jamais vraiment su ce qui lui avait traversé la tête, savoir, s'approcher au plus près de ce qui peut bien se tramer dans l'esprit des gens, c'est le nouveau défi, la nouvelle frontière de notre civilisation. Ce qui différencie l'homme de l'animal c'est son unicité et son imprévisibilité, un chimpanzé bien dressé n'aurait jamais crashé l'avion.

— Vous voulez dire que le rêve du pouvoir est de faire de nous des singes ?

— Un pouvoir ne rêve jamais, il administre. Des singes, non, énoncé comme cela, mais des citoyens prévisibles, sans aucun doute.

— Vous, par certains côtés, vous essayez bien de décrypter ce qui se passe dans la tête des gens, en l'occurrence moi, non ?

— Un psy n'est pas un détective qui regarde par le trou de la serrure, c'est quelqu'un qui essaye de comprendre, d'expliquer.

— Stuart prétend que c'est à présent un jeu d'enfant d'enregistrer tout ce que disent les gens, pas seulement à-travers leurs smartphones ou leurs ordinateurs, mais toutes les paroles qu'ils peuvent prononcer, en plein air ou chez eux. A l'instant vous parliez d'unicité, et bien le spectre d'une voix est unique au monde comme peuvent l'être les traits d'un visage. Stuart affirme qu'un monstre de technologie est en cours d'élaboration, il serait capable d'identifier sept milliards de voix différentes et de stocker ce qu'elles racontent...

— Peut-être, sûrement, probablement, ce que nous disons, mais pas ce que nous pensons, même s'il existe de fortes corrélations entre les deux, notre cerveau demeure heureusement un temple de mystères, c'est un psy qui vous l'affirme... En réalité et pour en revenir à l'actualité, ce virus Amok, ce dérèglement de sécrétion de lulibérine me fait penser à l'image d'un coup de pied dans une fourmilière, un monde méticuleusement, savamment organisé qui soudainement prend conscience de toute l'étendue de sa vulnérabilité, il adopte des comportements de panique, je pense que nous ne sommes qu'au début du scénario, je prévois également que l'on ne va pas tarder à nous parler du monde d'après, la fin, l'agonie du monde d'avant n'en est qu'à ses balbutiements, cela vous fait peur ?

— Décidément, chez vous c'est une préoccupation récurrente la peur.

— Ce n'est plus vraiment une question Clément, la certitude c'est qu'il va falloir reconstruire la fourmilière, les deux interrogations sont de savoir comment, sous quelles formes et au profit de qui ?

— Comment cela au profit de qui ?

— C'est très simple, celui des gouvernants ou celui des gouvernés, c'est-à-dire nous, nous deux et les millions d'autres.

— Vous pensez que Stuart pourrait avoir raison quand il parle de complot planétaire…

— Je m'attends à tout, dans cette hypothèse il se peut que les politiques soient sincères, leur affolement est crédible, ils sont manipulés, les marionnettes des monstres financiers qui leur font réciter dans toutes les langues le scénario de l'apocalypse nous menaçant, c'est très subtil et… propre, il n'y a pas de décombres apparents, d'enfants qui courent nus brûlés par le napalm. Si c'est bien le cas cela sous-entend une sacrée organisation.

— Mais il y a ces effets évidents, ces gens qui deviennent subitement fous et que l'on place à l'isolement.

— Je ne sais pas si durant votre parcours scolaire vous avez étudié Jules Romain, Knock plus précisément, une pièce de théâtre dans laquelle il est énoncé : « *Tout homme bien portant est un malade qui s'ignore.* » Cela vous rappelle-t-il quelque chose ?

— Jules Romain oui, vaguement, la phrase non, quant au titre de la pièce, Knock, il ne doit pas vous échapper que cela ressemble curieusement à l'Agent Malin Ordinaire Knock on effect ?

— En effet, je ne l'avais pas relevé, le seul effet ricochet que l'on pourrait traduire à propos de cette réplique pourrait être : tout homme sage est un dément qui s'ignore, ou encore : tout homme résigné est un fauve qui s'ignore. Nous pourrons la semaine prochaine creuser le sujet suivant : la sagesse est-elle une forme de résignation ? »

8

SELGES IKKE INDIVIDUELT

« Bonjour Jack, j'ai croisé dans les escaliers une personne qui semblait quitter votre palier, il me semble vous avoir entendu la raccompagner, cela ne me regarde pas, je ne suis donc plus aujourd'hui votre seul lien avec l'extérieur ?

— En effet, une nouvelle patiente, c'est son premier rendez-vous, comme quoi la terre continue malgré tout à tourner, poser tout cela ici et merci encore Clément, c'est très aimable de votre part.

— Il manque certains produits, beaucoup de rayons sont vides et une fois réapprovisionnés ils sont dévalisés en quelques minutes. Le matin, une heure avant l'ouverture des portes une longue file d'attente commence à se former, les gens que l'on croise dans la rue trimballent tous de grands sacs ou traînent des cabas à roulettes. J'ai fait au mieux, vous verrez sur le ticket de caisse.

— C'est parfait, merci encore. Vous préférez vous installer sur le divan ou prendre un fauteuil dans le salon, comme convenu ce sera aujourd'hui une consultation… comment dire… blanche, voilà, en guise de remerciements.

— C'est moi qui vous remercie, je vais occuper un fauteuil, d'ailleurs pour tout vous dire je me sens beaucoup mieux depuis quelques jours. Je… je suis heureux de me trouver dans cette pièce bien qu'en chemin je me suis surpris à me demander ce que je pouvais bien avoir à faire ici.

— Ah ! C'est une très bonne chose que vous vous sentiez mieux, vous avez réfléchi à une probable explication ?

— Réfléchi non, mais j'éprouve le sentiment confus que les événements que nous traversons modifient mon rapport à la société, je m'échappe de la routine, en deux mots : il se passe enfin quelque chose dans ma vie, il n'y a pas que la vie qui passe, tout arrive chaque jour, des situations brutalement si différentes, alors je me dis que tout peut survenir… cela peut sembler naïf hein ?

— Non, pas du tout. Quelles sont les situations brutalement si différentes de ces derniers jours ?

— Votre nouvelle patiente ne vous a rien révélé ?

— Nous avons parlé d'autre chose… ah si ! Elle a juste levé un mystère, depuis quelques soirs à vingt heures précises j'avais remarqué que beaucoup d'habitants se mettaient aux fenêtres ou apparaissaient sur leurs balcons pour applaudir frénétiquement durant de longues minutes, parfois même en frappant des casseroles, j'ai maintenant l'explication, vous applaudissez Clément ?

— Ce n'est pas mon truc, je suis réfractaire à tout mouvement de foule, c'est…physique, vous comprenez ?

— Parfaitement bien, d'autant plus que je partage avec vous cette aversion, et puis applaudir, célébrer des personnes qui somme toute n'accomplissent que leur travail, bon c'est d'accord, elles ramassent les ordures, approvisionnent les supermarchés et gèrent le flux des mises à l'isolement, de là à… cela fleure un tantinet la manipulation gouvernementale, il est vrai que notre Président a proclamé haut et fort l'état de guerre, il faut donc décliner le concept de la patrie en danger jusqu'au bout, je suppose que les réseaux sociaux et ceux qui les manipulent sont à la manœuvre ?

— Ils en sont effectivement à l'origine, Stuart parle de messe obligatoire chaque soir, d'office de vingt heures, de communion, la population s'auto-félicite…

— Pour résumer on enferme les gens et ils doivent applaudir, manifester leur contentement, je suppose que les fenêtres qui demeurent fermées sont regardées d'un œil suspicieux ?

— Oui, méfiez-vous… je plaisante, à moitié car les journaux rapportent un nombre croissant de dénonciations anonymes…

— Contre ceux qui n'applaudissent pas !?

— Quand même pas, on n'en est pas rendu là, mais contre ceux qui ne respectent pas totalement les règles du confinement.

— Le pays a connu cela en quarante durant les heures sombres de l'occupation, la Gestapo recevait des sacs postaux entiers de lettres rédigées par de bons patriotes.

— Cela crée un climat anxiogène, d'autant plus que l'épidémie progresse, le nombre de cas positifs à l'Amok 44 explose partout dans le monde, le décret limitant à une heure les sorties sportives dans un rayon d'un kilomètre autour du domicile est paru, en application depuis ce matin, et le pire est à venir…

— Vraiment !?

— Le Conseil Scientifique a préconisé une extension de la liste des gestes dits 'barrières', ne plus se serrer la main, ne plus se faire la bise, lorsque l'on marche ou court dans une rue emprunter systématiquement le trottoir de droite pour ne plus avoir à se croiser, éviter l'autre, la distanciation, c'est le maître mot et le pire dont je vous parlais pourrait être le port obligatoire d'un masque.

— Un masque !! Ils veulent masquer les individus ! C'est proprement incroyable ! Ahurissant !

— C'est pourtant ce qui se pratique en Chine et dans d'autres pays asiatiques. Les sages du Conseil…

— Arrêtez avec les sages, dès le début chacun aura compris que le gouvernement se camoufle derrière ce Conseil pseudo scientifique pour imposer ses restrictions de liberté, c'est de l'autoritarisme, pour ne pas dire de la dictature sanitaire. Les gens vont donc se mettre aux fenêtres et applaudir masqués, c'est un spectacle, un numéro de cirque, de domptage, que je ne veux pas manquer, incroyable ! Vraiment !

— Mais vous le verrez ! Ceux que vous appelez les pseudos sages prétendent que les traits du visage doivent être entièrement dissimulés pour limiter les risques de séduction, fini les sourires.

— Non Clément, c'est une erreur.

— Une erreur, vous croyez ?

— J'en suis persuadé, il reste les yeux, le regard. On peut se construire un sourire factice, de circonstance, un sourire de théâtre, les lèvres peuvent mentir, pas le regard, ne dit-on pas que les yeux sont le miroir de l'âme ? On ne pourra pas affubler tout le monde d'une paire de lunettes noires, et puis… il restera toujours la voix, c'est une grande pourvoyeuse d'émotions, on ne pourra jamais interdire aux gens de se parler.

— Nous n'en sommes pas loin, je m'attends à tout.

— Pourquoi pas non plus réprimer la singularité vestimentaire, décider que s'habiller élégamment ou avec originalité peut être considéré comme une incitation à la séduction, on en arrive à une société uniforme, on se rapproche du goulag, de l'universel costume de drap des années Mao ou des populations en pyjamas rayés dans des villes devenues de gigantesques camps de concentration, tout cela à cause d'un dérèglement de la sécrétion de lulibérine, on vit au cœur d'un film fantastique ! Qui il y a quelques semaines aurait pu imaginer un tel scénario ?!

— Il y a autre chose Jack.

— Quoi donc ?

— Précédemment, la semaine passée je crois, vous me parliez de l'unicité de l'être humain. Il ne faut pas sous-estimer l'aura.

— Laura ? Vous ne m'avez jamais parlé de cette personne.

— Jack, ce n'est pas une personne, il s'agit de l'aura, l, apostrophe. Il n'y a pas que les traits du visage, le regard ou la voix pour reconnaître, identifier un individu, ou même l'A.D.N et les empreintes digitales, d'ailleurs chez nous dans la banque les clients n'ont maintenant besoin que de leur index pour accéder à leurs comptes, mais il y a aussi cette enveloppe mystérieuse qui accompagne chacun de nos pas, de nos mouvements, notre démarche, notre gestuelle…

— Comme c'est bien dit ! Si j'ai sur-réagi c'est que la personne que vous avez croisée tout à l'heure dans l'escalier se prénomme Laura, je commets une légère entorse au secret professionnel mais je vous dois cette explication, continuez Clément.

— Laura, en effet c'est amusant, j'ai remarqué son parfum plus que son visage, j'ai reconnu une touche de chèvrefeuille. Si le port du masque est effectivement imposé nous allons tous nous regarder différemment…

— Nous n'allons plus nous regarder mais nous deviner, cela peut produire l'effet inverse de ce qui est recherché, accentuer l'excitation dans l'approche, la quête de l'autre. Bon, ce que je retiens, l'important dans tout ceci c'est que vous vous sentiez mieux, et vos économies ? Qu'en est-il ? L'investissement se révèle t'il aussi juteux qu'attendu ?

— Stuart prédit toujours une tuerie et les indices le confirment, ils relèvent la tête, dans pratiquement tous les domaines.

— Vous avez fait vos comptes ?

— A la louche oui, elle va bientôt repasser la barre des trente euros, peut-être même ce soir à la cloche.

— La cloche ?

— Oui, à la clôture, dix-sept heures trente, quand rien ne va plus, c'est une expression.

— Et si c'est le cas vous aurez gagné combien ?

— Pour l'instant rien, tant que l'on n'a pas vendu on n'a rien gagné ni perdu. J'ai acheté mille quatre cents actions à vingt-cinq euros, au cours de trente cela fait un bonus de sept mille euros.

— Et vous comptez vendre bientôt ?

— Quand Stuart me le dira.

— Ce n'est pas un peu risqué ?

— Dans quel sens, celui de tout perdre ? Je ne l'envisage même pas.

— Ce n'est pas à cela que je pense, votre collègue Stuart a sa théorie, vous m'en avez déjà parlé, admettons que ce que nous vivons relève bien d'un complot international, d'une stratégie pour relancer une économie mondiale à bout de souffle, au bord du gouffre, j'y ai beaucoup réfléchi vous savez, cela peut avoir du sens, j'ai toujours considéré les monstres de la finance comme des charognards, pardon pour le terme et la référence à votre métier, mais pardon aussi de vous poser cette simple question et de vous demander si vous y avez déjà réfléchi : le risque ce n'est pas de perdre votre argent ou de vendre au mauvais moment, mais n'avez-vous pas le sentiment de vous trouver un peu trop dépendant des avis... de la vision du monde de votre ami Stuart ?

— Vous n'aimez pas les financiers Jack, les charognards...

— La question n'est pas là, nous sommes tous sujets à des formes d'emprise qu'autrui peut exercer sur nous, tous, moi le premier, et nous ne sommes pas toujours, rarement, les mieux placés pour en évaluer l'étendue, vous est-il arrivé de vous interroger sur la nature, l'origine de votre relation ?

— Vous souhaitez que je m'allonge à nouveau sur le divan pour vous répondre ?

— Absolument pas, non, non, restez sur ce fauteuil, aujourd'hui nous ne sommes pas installés dans une relation professionnelle, mes paroles sont purement amicales, ne vous sentez pas contraint de répondre, il serait simplement judicieux que vous y réfléchissiez.

— Il m'est déjà arrivé de le faire.

— Alors c'est une bonne chose Clément, c'était juste un conseil, on en a tous besoin, et... à ce propos, si vous aviez vous aussi un conseil à me donner à titre de réciprocité, quel pourrait-il être ?

— Vous devriez sortir Jack, remplir une attestation et mettre le nez dehors, vous rendre compte vraiment par vous-même de la situation et puis... pratiquer aussi de l'exercice, marcher, bouger à l'air libre, vous avez droit à une heure par jour.

— Une heure par jour, indiscutablement très touchant, comme les taulards à Fleury-Merogis ou dans la cour de la Santé, ce gouvernement est vraiment trop généreux… non voyez-vous je ne souhaite absolument pas pointer mon nez dehors pour reprendre votre expression, je veux comme les années passées m'en tenir fermement à mes résolutions, vos rapports, vos récits hebdomadaires suffisent à combler ma curiosité, à l'exciter également, j'attends avec un réel intérêt la forme que va pouvoir revêtir le dénouement final de tout ceci. Par contre vous avez entièrement raison pour ce qui est de l'exercice physique, cela me trotte dans la tête depuis plusieurs jours …

— Ah, vous voyez.

— Tenez, regardez, il est encore à portée de ma main, j'ai retrouvé ce livre dans ma bibliothèque : Exercices Complets d'Étirements et d'Assouplissements, comment garder la forme à la maison par tous les temps, intéressant hein ? Je l'ai acheté lorsqu'encore étudiant je préparais mes examens, cela doit bien faire une trentaine d'années qu'il n'a pas été rouvert.

— Et bien c'est parfait, il n'y a aucune raison qu'il ne soit pas encore d'actualité. Suart, oui encore lui, pratique ce genre d'exercice chaque matin, il dit que c'est une discipline, qu'il faut s'y tenir.

— Et vous ne suivez pas ses conseils ! Lors de votre première visite vous m'avez déclaré ne pratiquer aucun sport, hormis la marche.

— Exacte, mais je marche beaucoup, encore plus depuis le début du confinement, d'ailleurs pour me rendre ici j'effectue quelques détours, j'emprunte ce que l'on nomme le chemin des écoliers, c'est plaisant, je flâne un peu l'esprit tranquille avec mon attestation en poche, les rues sont toujours aussi désertes.

— Vous passez toujours devant le jardin ?

— Le jardin !? Décidément cette image vous intrigue, c'est la deuxième fois que vous m'en reparlez.

— J'étais vraiment à mille lieux de penser devoir aborder ce sujet de nouveau mais il s'est produit aujourd'hui quelque chose d'incroyable.

— Ah ?

— Oui, le hasard, le pur hasard. J'ai beaucoup hésité avant de me décider à vous en parler, il y a quelques secondes encore je n'étais pas certain de le faire, vous n'auriez pas réagi, rebondi sur le mot jardin, sur cette image somme toute très banale, ce détail, que j'aurais laissé filer, après tout vous ne m'aviez parlé que du frottement de la brosse d'un pinceau dans un silence absolu, c'est bien cela non ?

— A peu près.

— A peu près ? Alors j'ai dû laisser échapper quelque chose… il me semblait bien dès le départ, cela paraît… assez… saugrenu que la principale image que l'on retienne de sa journée, celle que l'on va emporter dans son sommeil soit celle d'un pinceau.

— Non, il y avait une main qui tenait ce pinceau, elle prolongeait un bras dénudé, pendant un court instant j'ai eu l'impression de me retrouver au premier rang d'un concert, vous… vous comprenez l'image… ?

— Formidable, vous racontez bien, continuez.

— Oh, cela n'a duré que quelques secondes, cette jeune femme dirigeait un orchestre invisible, il n'y avait personne, ni musiciens, ni instruments, mais la fosse était constituée de rêves, de songes, le va et vient de la main, du bras, le lent balancement du corps tout entier était totalement détaché, dissocié du fait de peindre, il tirait un rideau, non, plusieurs, successifs, des rideaux de scène, des décors de théâtre, derrière lesquels surgissait une éclosion de… tableaux, d'images… un peu… comment dire, fantastiques !

— Fantastique comment ? Il vous reste un exemple en tête ?

— Rien et tout, tout cela en une fraction, quelques secondes… fantastique comme un conte, des choses bizarres que je serais incapable de restituer, une scène d'Alice au Pays des Merveilles. Disons que j'ai été sujet à un éblouissement, bref, soudain et…

— La couleur Clément, vous vous souvenez de la couleur ?

— Mais non, impossible, il y en avait trop, c'était un moment bariolé, indescriptible, aussi indescriptible qu'il est difficilement racontable, c'était comme une sorte de kaléidoscope avec des sons, des couleurs, des idées mélangés…

— Je parle de la couleur du portail du jardin.

— La couleur ? Pourquoi cette question ?

— Parce que c'est important.

— Important ? Important pour quoi ?

— Pour la suite de ce que j'ai à vous dire.

— Vous m'intriguez Jack.

— C'est vous l'intrigant, les nouvelles du monde qui vous accompagnent lorsque vous passez cette porte m'intéressent, m'amusent un peu et à présent m'intriguent beaucoup. Alors, cette couleur… ?

— Bleu, bleu foncé, plutôt bleu nuit, c'est plus joli. Qu'avez-vous à me dire ?

— Vous êtes repassé devant ce jardin Clément ?

— Oui, à plusieurs reprises.

— Délibérément, enfin, je veux dire… sans que cela soit le fruit du hasard ?

— Stuart prétend que rien ne se fait par hasard.

— Cessez avec ce Stuart. Une belle expression que le fruit du hasard, le hasard porte parfois d'étranges fruits et rime aussi étrangement avec bizarre.

— Cela ne m'éclaire pas plus.

— Vous l'avez donc revue.

— Qui ?

— La personne qui repeignait le portail de son jardin est celle que vous avez croisée dans l'escalier en arrivant. »

9

NOT TO BE SOLD INDIVIDUALLY

« C'est bien, vous n'avez pas sonné, entrez, entrez, je me demandais si vous ouvririez bien l'enveloppe scotchée à votre attention sur la porte, je suis vraiment désolé de devoir vous accueillir ainsi, déposez les sacs dans la cuisine et merci mille fois de ranger les produits frais dans le frigo, encore une fois je suis confus, merci Clément !

— Euh… il manque certaines choses, les rayons sont toujours dévalisés. Que vous est-il arrivé ?

— J'ai suivi vos conseils, l'exercice ! En me redressant après une série d'abdominaux je me suis coincé le dos, terrible ! Une décharge électrique, il a fallu que je me tourne sur le ventre pour pouvoir péniblement me relever. Je ne peux me déplacer que cassé en deux en m'agrippant aux murs et aux meubles. Le plus simple c'est que je reste étendu sur le divan et que vous occupiez le fauteuil, je sais, cela paraît cocasse, mais bon, le monde en ce moment tourne à l'envers, n'est-ce pas ?

— Plus que vous ne pouvez l'imaginer. Vous avez consulté ?

— Impossible. D'abord je ne souhaite toujours pas mettre un pied dehors et ensuite il me reste une plaquette d'anti-inflammatoires, j'ai commencé à en avaler quelques-uns.

— Il faudrait peut-être songer à rencontrer un ostéopathe ?

— Nous verrons dans quelques jours, en attendant parlez-moi de ce que je ne peux imaginer.

— Regardez ! Quand il n'est pas dans ma poche il se trouve sur mon nez, ça y est, le décret est passé, le pays est masqué.

— Vous êtes venu avec ce rectangle bleu sur le visage ?

— Normalement je devrais même le porter ici, vous aussi d'ailleurs, hormis la cellule familiale il doit être porté partout, dans tous les lieux publics.

— Ah, ah, ah, Clément ne me faites pas trop rire, c'est douloureux, un dos bloqué produit les mêmes effets qu'une côte cassée. Le porter ici ! L'Amok allait nous frapper, nous allions devenir fou amoureux l'un de l'autre ! C'est tout à fait grotesque !

— Ce sont les consignes gouvernementales, il y a encore plus grotesque…

— Quoi donc ?

— Depuis hier dans tous les lieux publics et de manière inopinée des brigades sanitaires composées d'équipes médicales assistées de policiers sont habilitées à contrôler votre température corporelle à tous moments, en cas de fièvre il y a suspicion de contamination et vous êtes placés en observation.

— En observation ? Et qui observe quoi ?

— Bonne question, à ce que l'on sait les personnes sont placées en isolement dans des lieux spécialement dédiés, ou alors pour les cas de suspicion asymptomatiques elles sont priées de s'imposer elles-mêmes une mise en quatorzaine dans leur propre domicile, ce qui complique encore plus les choses, c'est rajouter du confinement au confinement…

— Et compliqué à contrôler, je reste dubitatif, on ne va pas mettre un policier derrière chaque hypothétique contaminé.

— Un policier non, mais une application oui, elle est prête et s'appelle Care Surveyor, un terme anglo-saxon adapté à la sauce française sous le nom de Santénelle, un condensé de « Sentinelle Santé » …

— Ah, on monte la garde, ils n'ont pas osé l'appeler S.S, et en quoi consiste le… système ?

— Un logiciel que vous téléchargez sur votre smartphone et qui en cas de contamination Amok renseigne sur l'identité des personnes avec lesquelles vous avez eu des contacts, peut-être même simplement croisées, à tel endroit et à telle heure.

— Un mouchard, en clair on peut savoir si vous avez échangé ne serait-ce qu'un regard avec quelqu'un à la boulangerie du coin, c'est bien cela non ?

— Possible. Possible sauf que pour l'instant cette appli voit le jour à titre expérimental et fonctionne sur la base du volontariat, mais le gouvernement a été très clair, elle deviendra obligatoire si le nombre de mises à l'isolement continue d'augmenter.

— A condition de posséder un smartphone, vous l'avez téléchargée Clément ?

— Non, pas encore, Stuart me conseille de le faire et de laisser mon smartphone à la maison.

— Si Stuart le conseille… Stuart dit toujours beaucoup de choses…

— Il affirme que l'on ne peut pas aller contre le progrès, qu'avant les moutons étaient gardés par des chiens et des clôtures électriques et maintenant par des smartphones, il cite aussi à tout va cette phrase de Rimbaud : *il faut être résolument moderne.*

— Une vision très originale des choses, sympa pour les moutons. Rimbaud ! Stuart cite Rimbaud ! Remarquez c'est quand même le poète qui a composé Le Dormeur du Val avant de terminer trafiquant d'armes. Et... à propos de trafic... en ce qui concerne vos investissements... où en êtes-vous tous les deux ?

— Elle a cassé hier la barre des trente-trois, mais... tous les deux... nous sommes un peu plus...

— Donc vote fortune progresse, virtuellement s'entend.

— Elle avance, elle recule, un pas en arrière puis deux en avant, un autre en arrière mais globalement c'est vrai, elle progresse.

— Ce n'est pas un peu stressant de devoir consulter un cours de bourse chaque jour ?

— Chaque jour ? Toutes les heures Jack, chaque minute, Stuart ne surveille que cela.

— Il est fou votre ami.

— C'est un métier.

— Oui, sans doute... après tout peut-être que devenir fou ne s'invente pas, cela s'apprend, comme devenir pilote, médecin, avocat...

— Éboueur.

— Parfaitement, éboueur ! Psychiatre aussi. En parlant de fous, très concrètement, que se passe-t-il dans le pays ? Nous avons beaucoup de mal à évaluer l'ampleur des dégâts occasionnés par l'Amok.

— Vous dites « nous » ?

— Un ami, un confrère m'a appelé, nous avons échangé au téléphone, il a évoqué une petite, légère distorsion entre ce que l'on constate dans les rues et ce que l'on rapporte dans les journaux télévisés.

— Il n'y a rien à remarquer dans les rues, si ce n'est le chant des oiseaux qui émerge au milieu du désert, par contre la jungle existe bien dans le huis clos des appartements, le nombre d'interventions pour violences conjugales explose, un numéro d'appel au secours a été spécialement créé.

— Les gens se rendent subitement compte avec qui ils partagent leur vie, et partage ne doit pas être le terme approprié, ils ne partagent plus rien, ils se retrouvent soudainement nus l'un devant l'autre, on peut tricher quelques heures par jour mais pas vingt-quatre heures sur vingt-quatre durant des semaines. C'est un terrible constat qui engendre souvent des drames.

— Et ces drames font les choux gras des chaînes d'informations, on pourrait même dire que le virus s'autoalimente.

— Oui Clément, il pourrait être un révélateur de ce que nous sommes.

— En tous cas heure par heure les médias relatent avec gravité mais aussi avec gourmandise les méfaits de l'Agent Malin Ordinaire, toutes les classes sociales…

— Ah !! Les classes sociales !! Beau terrain de chasse, observatoire privilégié, vous disiez ?

— Je disais qu'à l'instant nous parlions des avocats et des éboueurs…

— Et des psychiatres.

— Bien entendu. Et je disais donc qu'aucune caste de la société n'était épargnée. Si vous vous échappiez de votre retraite vous verriez qu'à longueur de colonnes ou d'interviews des bataillons de spécialistes en tous genres, souvent autoproclamés, viennent nous chanter leur cantique à la grande messe du Vingt Heures, ils sont tous éminents, émérites et péremptoires, les présentateurs les sortent de leurs chapeaux et se les refilent d'une chaîne à l'autre, on a l'impression qu'ils sont là pour nous foutre la trouille, l'élément de langage à la mode en ce moment est : ' abolition des convenances et liquéfaction du discernement' …

— Vous êtes sûr Clément, liquéfaction ?

— Ce sont les termes employés.

— Vous ne vous êtes jamais tapé la tête contre les murs ?

— Si cela m'est arrivé.

— Et bien moi également, dans une autre vie, comme tout le monde, c'est dur ! La réalité qui nous entoure n'a rien d'un rideau d'eau. Continuez.

— Et bien pour corroborer leurs affirmations, derrière les mots surgissent des images, les couples qui se séparent et se reforment brutalement sèment la désolation et le chaos dans le pays, le bon sens économique, la morale, les religions, plus rien n'a prise sur rien, tout passe par-dessus bord, c'est chaque jour une litanie de faits divers surréalistes, les gens s'enfuient, abandonnent leur poste, leur travail, leur famille…

— Peut être fuient-ils eux-mêmes, ce qu'ils ont été ou ce que l'on a voulu qu'ils soient…

— Jack, c'est surprenant de vous écouter parler ainsi allongé sur ce divan, à ma place.

— Et bien figurez-vous que j'éprouve également une étrange sensation installé dans cette position, elle me ferait presque oublier mes douleurs dorsales. Je découvre à présent avec un autre regard cette affiche encadrée sur le mur face à moi, celle que tous mes patients sans exception ont sous les yeux, c'est l'affiche du festival international du livre Étonnants Voyageurs de l'année 2011, cet homme accroupi comme un oiseau, posé sur le toit d'un immeuble à l'abri d'une cheminée, à ses pieds et sous ces yeux une ville immense, déserte, muette, était-ce prémonitoire, cela ressemble étrangement à ce que nous vivons aujourd'hui non ? Cela interpelle, vous aviez remarqué ?

— Oui, elle me fait penser à un film vu autrefois : 'Birdy', vous connaissez ?

— Absolument, bien vu ! je n'y avais jamais songé, très beau film, primé à Cannes il me semble, certains y ont vu un plaidoyer contre les traumatismes engendrés par la guerre du Vietnam, c'est une thèse à laquelle je n'ai jamais adhéré, traumatismes oui, sans aucun doute, mais le Vietnam n'a rien à voir là-dedans, d'autant plus que le film est tiré du roman d'un certain Wharthon n'ayant jamais combattu au Vietnam. Dans un passé récent vous m'avez raconté un rêve que vous aviez fait, vous voliez comme un oiseau, peut être cette affiche cheminait-elle dans votre inconscient, vous ne seriez pas le seul, j'ai reçu d'autres témoignages dans ce sens.

— Ah ?

— Oui, récemment, surtout un en particulier.

— Quelqu'un qui aurait également évoqué le film Birdy ?

— Non, mais qui expliquait avoir rêvé voler et rattachait clairement cela à l'affiche que nous avons sous les yeux, elle identifiait l'homme accroupi à une chauve-souris guettant le crépuscule, prête à s'élancer…

— Elle ? C'était donc une femme ?

— Oui, une artiste peintre. La dame du jardin pour être plus précis.

— Laura ?! Je l'ai croisée tout à l'heure, nous marchions dans la même rue sur des trottoirs opposés, c'est incroyable, nous avions donc rendez-vous le même jour ?

— Effectivement elle se trouvait ici en début d'après-midi, et comment dire… ? Malgré le masque vous êtes parvenus à vous reconnaître ?

— Moi oui, elle je ne sais pas. Les rues sont vides Jack, l'attention est concentrée sur ce que nous croisons, c'est-à-dire pas grand-chose, quelques rares voitures, deux ou trois cyclistes, une mémère qui promène son chien, ou l'inverse, et… une voiture de police en patrouille…

— Et une jolie jeune femme.

— Oui, une jolie jeune femme ? Jolie oui, je dirais plus : énigmatique.

— Clément, à votre âge je pense que vous avez dû apprendre que l'énigmatique est une forme raffinée de la beauté.

— C'est peut-être cela qui m'a fait traverser la rue.

— Que… que cherchez-vous à me révéler ?

— Un jour j'ai lu quelque part que l'on ne mourrait pas de cancer, d'infarctus ou d'accident vasculaire cérébral, mais d'une seule chose : de ce que l'on n'avait pas osé faire, ou dire… alors brutalement je m'en suis souvenu et… et j'ai traversé la rue, comme un fleuve asséché , et je me suis dirigé vers elle sans avoir à l'esprit le moindre mot de ce que j'allais bien pouvoir lui dire, ce… ce n'était pas plus fort que moi, c'est la force qui était en moi, vous comprenez Jack, quelque chose d'irrésistible, j'étais à la fois terrorisé et sereinement confiant, un ciel étoilé se déployait soudainement et brillait dans ma tête. Plus rien ne m'effrayait, le passé se trouvait aboli, je ne ressentais plus aucune entrave, pour en revenir à ce que nous commentions j'avais l'impression de voler en traversant cette rue, oui, de voler.

— Vous lui avez donc adressé la parole ?

— C'est un sujet qu'elle a abordé ?

— Aucune allusion Clément, et puis vous comprendrez que que je ne peux ni ne dois rien vous confier.

— Alors pourquoi voulez-vous savoir ?

— Je ne veux rien Clément, c'est vous qui décidez, je suis là pour vous écouter en dépit de ma piètre position et de l'endroit où je me trouve allongé, c'est-à-dire à votre place.

— Et bien oui nous avons parlé.

— Que lui avez-vous dit ?

— Ne riez pas nous avons parlé peinture.

— Quel humour.

— Ni Rembrandt, ni Picasso, mais peinture industrielle, rayon bricolage, comme vous le savez tous les magasins sont fermés, je lui ai dit l'avoir vu repeindre le portail de son jardin et je l'ai interrogé sur l'endroit où je pourrais me fournir en peinture, voilà.

— Et alors ?

— Alors au fond de moi je trouvais cela assez nul, entamer une relation en falsifiant la vérité, et puis je ne me souviens pas avoir donné un seul coup de pinceau depuis la maternelle.

— Il y a pire comme mensonge, monsieur Pinocchio, je doute que cela perturbe votre sommeil ce soir.

— Pourquoi ment-on ? Vous devriez posséder la réponse vous ?

— Nous mentons parce que toute vérité n'est pas bonne à dire, à entendre surtout, c'est une réponse un peu facile. Nous mentons en permanence, à nous-mêmes en premier lieu, le débat étant de savoir si nous en sommes la principale victime ou le bénéficiaire. Dans ce cas présent vous avez menti par ruse, vous vous victimisez, le bénéfice c'est quoi ? Que vous a-t-elle répondu ?

— Elle m'a donné le conseil de me rendre dans un grand supermarché resté ouvert pour les produits alimentaires de première nécessité et de tenter une incursion dans les rayons annexes demeurés accessibles. Mais tout cela je m'en moque, vous vous en doutez bien, l'important pour moi était d'entendre le son de sa voix et de capter son regard, nous avons parlé une bonne minute, ce qui m'a semblé interminable, dans ma tête je continuais à voler, à planer comme au moment où j'ai traversé la rue, c'est grave docteur ?

— Ne faites pas l'enfant Clément.

— Si justement, je me sens l'esprit aussi léger qu'il y a des dizaines d'années, le fait de savoir qu'elle était là aujourd'hui étendue à votre place…

— Encore une fois : ne faites pas l'enfant Clément.

— Cela ne peut pas être le hasard, il y a assurément autre chose, forcément !

— Vous n'écoutez pas où vous n'entendez pas ? Vous devriez faire tester votre audition, et puis…

— Et puis quoi Jack ?

— Et puis par la même occasion votre température.

— Vous parlez sérieusement ?

— Non, je galège, bien qu'il semble évident que par certains aspects vous présentiez les symptômes d'une contamination par l'Amok 44.

— Et elle, Jack ? Elle vous a parlé de… de notre échange, de… de notre rencontre ?

— Accepteriez-vous que je lui parle de vous ?

— Oui. Si… si elle vous le demandait ce serait… ce serait quelque chose de… vous voyez j'ai du mal à trouver les mots.

— Alors c'est le bon moment pour nous arrêter là aujourd'hui, comme convenu vous ne me devez rien

Clément, il y a près du téléphone une liste de courses, pas grand-chose, n'oubliez pas le beurre, je suis presque à court. »

1 0

FAR EJ SALJAS STYCKVIS

« Vous êtes bien en avance aujourd'hui…mais rassurez-vous cela ne pose aucun problème, comme vous pouvez le constater mon dos va beaucoup mieux, je ne vis plus couché…

— Vous êtes sûr, je peux repasser, vous attendiez peut-être quelqu'un ?

— J'attendais surtout mon beurre Clément, merci infiniment, je m'apprêtais à me faire un expresso, vous m'accompagnez ?

— C'est que… comment voulez-vous que nous procédions maintenant ?

— Bof, à la guerre comme à la guerre, selon l'expression consacrée, et nous sommes toujours en guerre, chaque soir le tintamarre de vingt heures aux balcons et fenêtres me le confirme. Le syndrome de Stockholm est bien une réalité. Oublions donc la psychanalyse et son divan, tenez, deux fauteuils nous tendent les bras au salon, installez-vous, j'arrive, avec ou sans sucre ?

— Avec s'il vous plaît, euh… vous ne craignez pas que…

— Que nous ne soyons plus dans une relation conventionnelle, non, je ne le crains pas, il m'arrive parfois d'être comme votre ami Stuart qui ne manque de rien, doute de beaucoup de choses et semble ignorer ce qu'est la peur, à propos, que devient-il ?

— Cela risque de vous amuser, figurez-vous qu'il a entrepris de créer un jeu de société…

— Ah, pas banal, avec des banques à tous les coins de rues et une bourse au-milieu je suppose ?

— Vous ne croyez pas si bien dire, il y a deux jours nous avons passé une soirée ensemble à discuter, la banque c'est nous, il pense que nous devrions investir les plus-values de nos opérations boursières dans le financement de la création du jeu.

— Il y croit vraiment ? On ne s'improvise pas subitement créateur de jeu de société.

— Stuart est quelqu'un de très enthousiaste, et puis… ce qui compte c'est l'idée de départ, je pense qu'elle est plutôt géniale, cela devrait marcher.

— Vous pouvez m'en dire un peu plus ?

— Bien sûr, en deux mots une sorte de Monopoly mais à l'envers, au début le monde est fini, l'opulence règne, chaque joueur possède une partie d'un territoire où tout est construit, des maisons, des usines, des commerces, les joueurs lancent les dés et choisissent des cartes que l'on appelle des ' vies établies ', suivant les cas le joueur est amené à tirer une carte dans deux caisses, la caisse 'démolition' et la caisse 'hasard', dans cette dernière une carte lui indique un lieu, une circonstance, un ensemble de choses qui font qu'il va rencontrer quelqu'un, ou simplement échanger un regard, une parole, à cet instant le joueur peut devenir positif ou non à l'Amok 44, si c'est oui, et tout le monde le devient un jour, au moment où les joueurs tireront une carte dans la caisse de « démolition » ils devront exécuter ce qui leur sera demandé, des choses folles, imprévisibles, incroyables qui perturbent l'ordre établi, déstabilisent l'économie du pays, ce que nous sommes en train de vivre actuellement, des mises au chômage, des fermetures de commerces, des suspensions du trafic aérien, ferroviaire… enfin tout quoi. Mais il y a un pion libre, anonyme qui patrouille sur le plateau du jeu, c'est la brigade sanitaire, à tout moment elle peut confiner pendant un ou deux tours ceux qu'elle croise, interner aussi durant cinq tours les positifs à l'Amok 44 qu'elle a rencontrés…

— Ah ? Très intéressant mais assez compliqué Clément.

— Non, pas tant que cela, ce n'est qu'une ébauche, le but final, le winner c'est celui, ou celle, qui sera parvenu à mettre à terre la totalité des richesses économiques dont il était pourvu au départ, mais sans être interné au moment où il ne lui reste plus rien.

— Vous pensez vraiment que les gens vont se bousculer pour acheter un truc pareil ?

— Je ne vous ai donné que les grandes lignes, il y aura des choses plus subtiles, Stuart est persuadé du succès, il y croit dur comme fer, il prend l'exemple des guerres, les gens ont horreur de la guerre, il y a sans cesse des guerres qui ravagent le monde en ce moment, des choses horribles, des bombes qui tuent à l'aveugle, mutilent des enfants, des innocents, et bien jamais autant de gens achètent des jeux vidéo et jouent en ligne à la guerre…

— Que Stuart en soit persuadé je n'en doute pas, mais vous Clément ?

— Il suffit de lire les journaux Jack, ce que vous ne pouvez pas faire actuellement, vous verriez que l'on assiste à une avalanche d'effets secondaires très saugrenus, le confinement, la privation de liberté transforment les gens en ours en cage, à force de tourner en rond ils imaginent n'importe quoi pour échapper à leur incarcération quotidienne, parfois c'est à mourir de rire mais souvent triste à en pleurer.

— Quoi par exemple ?

— J'ai encore les derniers du jour en tête : il court un marathon sur son balcon, il escalade le Mont Blanc autour de son garage, ou encore ceci : il traverse la Manche à la nage dans sa piscine ronde de jardin. Authentique ! Le type s'était attaché autour de la taille une corde reliée à un arbre et crawlait comme un fou pendant des heures, autrefois des personnes auraient été internées pour des faits similaires.

— Quel rapport avec votre jeu de société ?

— Il faudra bien un jour que tout rentre dans l'ordre, on ne peut pas continuer indéfiniment à vivre ainsi, écoutez, cela va sans doute vous faire sourire, Stuart pense que ce jeu pourrait faire office de vaccin, et quand je dis : pense… il en est convaincu.

— C'est une plaisanterie.

— Mais non, pas du tout. « Il vaut mieux rêver sa vie que la vivre. », c'est une phrase que vous avez déjà dû entendre ?

— Mieux qu'entendue, elle était prononcée par mon examinateur à l'oral de français du baccalauréat, c'était… il y a très longtemps, je planchais sur Proust, A la Recherche du Temps Perdu, et le sujet, très proustien, était de savoir s'il valait mieux rêver sa vie que la vivre, j'étais âgé de dix-huit ans et le prof s'est trouvé interloqué lorsque je lui ai répondu que oui, il valait mieux la rêver, il ne comprenait pas, me considérait comme un extra-terrestre, à l'époque c'était le Vietnam, les révoltes étudiantes aux quatre coins de la planète, la jeunesse campait dans la rue, la société était en insurrection permanente, tout devenait facile, l'argent, le sexe, et moi j'avais sur mon chevet un livre de Rainer Maria Rilke qui disait, entre autres et de mémoire : « *la solitude est une bonne chose, car c'est une chose difficile, et il faut nous en tenir au difficile.* » J'ai changé au sujet de la vie rêvée.

 Et vous, vous en pensez quoi ?

— Excusez-moi Jack, je ne comprends pas très bien le sens de votre question.

— Que souhaitez-vous faire de votre vie, un rêve ou un jeu ? Vous désirez un autre café ?

— Non merci. De quel jeu voulez-vous parler ?

— Et bien de votre vaccin bien entendu, à ce jour toutes les tragédies sont banalisées, depuis que l'humanité a surmonté la peur de l'an deux mille nous dansons insouciants sur un baril de poudre en fumant ostensiblement le cigare. Clément, je pense que la vraie tragédie ce n'est pas ce dérèglement de la sécrétion de lulibérine, à supposer qu'il soit bien réel, le drame ce sont ces gens dont on a confisqué le corps qui applaudissent à tout rompre docilement aux fenêtres, vous et votre ami Stuart vous avez le projet de les faire rentrer s'asseoir autour de la table de leur salle à manger pour jouer à faire avancer leur vie à coups de dés, le plus sûr moyen d'accepter la farce c'est d'en devenir acteur. J'ai la certitude qu'à force de jouer on finit toujours par perdre, vous allez me rétorquez que l'on finit aussi parfois par gagner, mais quoi ? Le droit de continuer à jouer, alors qu'à force de rêver…

— A l'instant vous me disiez que vous aviez changé ?

— Parfaitement, j'ai fini par comprendre, admettre qu'il faut rester agrippé à ses rêves, comme à une voile dans la tempête, ne rien lâcher, jamais. Surmonter les railleries des autres et parfois même ses propres ricanements, cela arrive, vous le savez j'en suis certain, il vous est sûrement arrivé de douter, ne céder jamais Clément.

— C'est pour le jeu, le vaccin que vous me dites cela ?

— Mais bon sang, pourquoi voulez-vous être vacciné ! D'ailleurs…

— D'ailleurs quoi ?

— Il est un peu tard, je pense que vous êtes symptomatique.

— L'Amok ?!

— Et… quand je dis « vous » ce n'est pas une formule de politesse, c'est la deuxième personne du pluriel.

— Je ne comprends pas où vous voulez en venir ?

— Les journées sont longues à vivre isolé de tout, mes patients sont le seul lien avec l'extérieur, vous en particulier, mais vous n'êtes plus un patient…

— Je… vous savez Jack…

— Ne dites rien, laissez-moi finir, oui, je disais que suite à l'Amok, cet agent malin ordinaire knock on effect, j'ai entrepris de relire, ou de découvrir certaines œuvres du dénommé Stefan Zweig, et j'y ai déniché ceci, écoutez : « *Mais le hasard dispose d'outils perçants et le destin, redoutablement astucieux, sait se frayer inopinément un chemin conduisant aux âmes et bouleverser les natures les plus pétrifiées.* » … Pas mal hein ?

— Je ne vois toujours pas.

— Mais si Clément, bien sûr que si, il n'y a pas pire aveugle… vous connaissez la formule, ou la chanson… le hasard, vous avez eu affaire à lui dernièrement ?

— Euh… oui, comme bien souvent, comme tout le monde.

— Ce n'est pas le thérapeute qui vous parle, oubliez-le, c'est à dessein que nous sommes installés de cette manière, vous n'êtes plus un patient, considérez moi comme un ami.

— Vous lui avez parlé ? Laura, vous en avez parlé à Laura ?

— Non.

— Pourtant… vous…

— Je ne lui ai pas parlé, je l'ai écoutée, c'est elle qui m'a parlé, qui m'a tout raconté, enfin tout… on ne raconte jamais tout.

— Alors vous savez ?

— Je sais qu'elle travaille dans une pharmacie, je sais qu'un matin un livreur apeuré et pressé a déposé sur le trottoir une palette entière de masques chirurgicaux, je sais que, hasard ou non, vous passiez par-là, je sais qu'il pleuvait dru et que vous lui avez proposé votre aide pour les placer rapidement à l'abri, je sais… non, je ne sais pas, j'ai la certitude que le même trouble vous anime tous les deux, j'emploie le mot trouble, je peux difficilement me mettre à votre place, je ne suis que le spectateur de la surface des choses, avant de trouver d'autres qualificatifs pour parler de ce que vous éprouvez il faudrait que vous acceptiez de vous raconter, vous raconter à vous-même, ni plus ni moins traduire avec des mots les émotions que vous ressentez, faites comme si je n'étais pas présent, si cela vous semble plus simple nous pouvons réintégrer nos positions antérieures, vous regagnez le divan, je me place derrière vous et nous baissons les lumières, c'est vous qui décidez Clément.

— Je préfère que nous restions assis, ne rien changer, j'ai très envie de parler, mais… pardon, pas à un psychiatre, la lumière ne me fait pas peur, le regard de celui qui m'écoute non plus, j'ai besoin de me confier, je suis à la recherche d'un visage, je n'ai pas d'ami, vous le savez bien.

— Et Stuart ? Vous en avez parlé à Stuart ?

— Non et je n'essaierai pas, Stuart est brillant, il a des avis sur tout, très souvent de bon conseil, il sent bien les choses, dans le métier on dit qu'il a du flair, mais je sais pertinemment qu'à propos de ce que je ressens il aura le nez complètement bouché, et puis… avant tout, cela ne le passionne pas.

— Clément, je… je peux être cet ami durant quelques minutes, je peux être ton ami.

— Tu ?

— Si cela peut faciliter les choses, on change de registre, et au-delà de cela, vues les circonstances, c'est vraiment sincère, le Président a bien dit et répété que nous étions en guerre, alors il faut se libérer des codes, un autre café ?

— Non merci Jack, cela… cela va me faire drôle, bizarre de… de te tutoyer.

— Idem pour moi, mais nous n'y penserons plus dans un quart d'heure, alors, continue, je t'écoute, moi je vais m'en refaire un troisième même si je sais que je vais devoir me relever quatre fois cette nuit pour aller aux toilettes.

— Bon, donc, écoutez, non, écoute, je… j'ai… j'ai brutalement découvert que l'on pouvait vivre des, un au moins, des moments extraordinaires, quelque chose qui surgit dans notre vie, qui s'abat sur notre route, non, pas qui s'abat, qui nous tend une embuscade, tu comprends, un peu comme une circonstance mystérieuse qui depuis très longtemps patienterait, guetterait notre passage, notre venue, quelque chose à la fois… magique, et… inéluctable, voilà. Lorsque tu m'as dit, révélé, lorsque j'ai compris que le regard que je venais de croiser dans l'escalier appartenait à cette personne, à l'image que suite à ta demande je t'ai avoué retenir de ma journée, une sensation de bonheur étrange s'est installée en moi, une pensée légère, annihilatrice des centres d'intérêts de mon quotidien qui se sont évanouis en douceur, un autre désert est venu se superposer sur celui du confinement engendré par cet Amok 44, c'est un désert peuplé de promesses, cela va sûrement te sembler bien étrange comme formulation, en général l'image du désert est celle d'un lieu, comment dire… un peu désespérant, là c'est tout l'opposé, je n'avais, je n'ai qu'une obsession en tête, la revoir… ce que vous… ce que tu viens de me dire, le fait qu'elle t'ait raconté l'épisode de la palette de masques… c'est une chose que je ne pouvais pas encore imaginer il y a quelques minutes, ce hasard qui nous réunit tous les trois est vraiment incroyable.

— Tu n'as pas l'impression de mener deux vies parallèles ?

— J'ai surtout celle de m'engager sur un chemin qui…

— Pardon je te coupe, qui mène à Charring Cross !?

— Jack, ce n'est ni un rêve ni un songe, c'est quelque chose de bien réel, je sais par avance ce que tu vas me dire, que l'on est…

— Bien éloigné de votre jeu de société, de votre vaccin, de vos faramineuses opérations boursières, tu imagines ton ami Stuart avec les mêmes symptômes ?

— Ce n'est pas le bon terme, le bon mot, cela ne le sera jamais. Symptômes, la maladie en question est une simple envie de vivre quelque chose d'unique.

— Clément bon sang, ouvre les yeux, toi et Laura vous présentez l'ensemble des signes extérieurs d'une contamination à l'Amok 44, vous n'avez qu'une idée en tête : l'autre ! Unique ! Comme tu viens de le dire ! Ce qui peut être diagnostiqué comme une forme de surdité. Par ailleurs à observer ton visage on devine aisément que tu n'as pas ton quota de sommeil réparateur, et si ta température corporelle venait à légèrement augmenter je ne mettrai pas cela sur le compte de la fatigue, il faut regarder les choses en face Clément.

— Va plus loin, au point où tu en es, avant je tiens à te signaler deux choses : le nombre des suicides est en constante et inquiétante augmentation, il y en a eu 527 pour la seule journée d'hier, c'est énorme. La seconde chose c'est que je n'ai pas du tout l'intention de mourir.

— Alors je vais aller plus loin puisque tu me le demandes, je vais en revenir à votre jeu de société, à votre vaccin, je vais même me placer dans la peau du pion que vous appelez *Brigade Sanitaire,* et si cela était vous seriez illico placés à l'isolement…

— On ne se dit plus tu ?

— Bien sûr que si, quand je dis vous, c'est vous deux.

— Laura ?

— Oui, Laura, elle m'a raconté l'épisode du bus de 17h54, tu as dû également en entendre parler, un des nombreux faits divers liés à la crise sanitaire.

— Non. Ah si ! Ce bus sans terminus, cette conductrice qui traverse d'Ouest en Est le pays en une nuit… elle… elle t'a expliqué quoi ? Et, attends ! Tu l'appelles vraiment Laura ?

— Bien sûr que non. Elle m'a fait le récit de cette extravagante histoire, ce bus qui chaque soir embarque devant la gare à 17h54 précises des voyageurs débarquant du train de Paris, parmi eux un jeune homme qui plusieurs fois par semaine s'installe sur le siège avant face à la route et entame la conversation avec la conductrice, c'est ce que d'autres passagers réguliers ont parait-il rapporté, ils ont également souligné qu'elle pourrait être sa mère. Ce jour-là ils parlaient, se regardaient comme si rien d'autre n'existait autour d'eux, on raconte que certains arrêts étaient carrément zappés, ce qui aurait provoqué une forme de rébellion dans le bus pour qu'au final tous les passagers débarquent bien avant le terminus, après cela personne ne sait plus très bien ce qui a pu se passer, le bus a laissé la trace de son passage sur les enregistrements vidéo de multiples caméras de surveillance, cette fuite, cet étrange road-trip s'est achevé dans une forêt des Vosges où l'on a retrouvé sur une aire de repos isolée la carcasse du bus entièrement calcinée, aucune trace de présence humaine.

— Le road-trip n'est donc pas totalement achevé.

— Effectivement, on peut l'interpréter comme cela.

— Laura ne vous a rien raconté d'autre ?

— Non, au sujet du bus, rien. »

1 1

E I   Y K S I T T A I S M Y Y N T I I N

« C'est le seuil de déclenchement qu'il a fixé, selon lui aller au-delà des 40 euros serait hasardeux dans le court terme, la position la plus judicieuse est 39,39 euros, un petit centime sous les quarante, tu te rends compte Jack, une action qui nous a coûté 24 euros il y a quelques semaines, cela fait à la louche 60 % de bénef, le livret A c'est 0,25 sur un an, par certains côtés c'est...

— Écœurant ! C'est ce que tu veux sans doute dire ? Ton ami Stuart, le magicien de la finance, il en pense quoi de tout cela ?

— Sincèrement il se marre ! Il dit que tous les guignols du vingt heures qui applaudissent le personnel hospitalier feraient mieux de s'intéresser aux banquiers, Bon, on n'en est pas encore là, on n'a rien vendu, l'action continue à grimper, la bulle grossit...

— En admettant que vous vendiez, ce dont je ne doute pas, qu'allez-vous faire de tout cet argent ?

— Amokopoly. On a trouvé le nom.

— Le nom de quoi ?

— Du jeu de société dont je t'ai parlé la semaine dernière.

— Cela tient toujours ?

— Plus que jamais, on peaufine les règles, en ce moment on planche sur le contenu des cartes caisses de 'hasard' et de 'démolition', tu te souviens ?

— Parfaitement. Vous avez chacun le vôtre ?

— Non, on met tout en commun, toutes les idées et on secoue très fort, je devine ce que tu vas me dire, tu verrais bien Stuart dans la démolition et moi dans le hasard ?

— Probable, même si le hasard est un bien commun qui irrigue nos vies à tous. C'est un sujet que vous travaillez où ?

— Au bureau, l'agence est déserte, voilà des semaines que l'on n'a pas vu l'ombre d'un client, en dehors du télétravail nous avons un jour de présentiel à assurer par semaine, on s'est arrangé pour faire coïncider nos plannings.

— Et ils vous paient pour cela, pour l'Amokopolice… comment tu dis ?

— L'Amokopoly, la police n'a rien à voir là-dedans, bien que…, tu sais, ce n'est pas si simple que cela, l'idée de départ c'est bien, on s'enthousiasme, mais après il faut entrer dans les détails, c'est là où tout se complique. La chance pour moi c'est d'avoir été contaminé, j'ai le sentiment d'avoir le livre du maître.

— Qu'est-ce que tu racontes ?

— Rien de plus que ce que tu m'as affirmé la semaine dernière, je me sens positif à l'Amok 44, si cela m'empêche de dormir ce n'est pas la peur, c'est plutôt l'excitation.

— Et le livre du maître ?

— Une vieille histoire, pour l'obtention du Bac j'ai suivi une filière comptabilité. La compta c'est un domaine que tu ne connais pas mais c'est assez rébarbatif, on était quelques-uns complètement largués, et puis, on s'en foutait un peu, un peu beaucoup même. Pendant un interclasse on s'était aperçu que notre prof de compta avait le même manuel que nous mais un peu plus épais, avec le corrigé des exercices, et un copain s'était débrouillé pour le dénicher sur Paris, à partir de ce moment-là nous avons fait des progrès remarquables et remarqués comme annotait la prof dans la marge de nos devoirs, c'était ça le livre du maître.

— Complètement stupide, et ils t'ont tout de même filé le Bac ?

— Oui, filé comme tu dis. Pour en revenir à l'Amokopoly…

— Non, pardon, attends, alors grâce au livre du maître tu estimes avoir récemment réalisé des progrès remarquables dans ton rapport au quotidien ?

— Je suis bien Jack, vraiment bien, dans un état d'esprit totalement nouveau. Tu as revu Laura ?

— Possible. Et toi ? Sûrement.

— Possible également. Tu ne veux pas dire ?

— Un confrère m'a appelé ce matin, enfin, davantage un ami qu'un confrère, et… ma journée… cette journée s'est bizarrement déroulée dans mes pensées.

— A propos de Laura ?

— Non, pas du tout, encore que…

— Il t'a parlé de quoi ce confrère ?

— De voyage aérien et, un peu en rapport avec votre jeu en quelque sorte, il avait besoin de raconter, de partager, tu sais nous ne sommes pas au-dessus du lot contrairement à ce que certains pourraient croire, imaginer ou penser, un psychiatre est aussi un être de chair et de sang, François, c'est son nom, nous avons effectué une partie de nos études ensemble, François a perdu un patient, un pilote de ligne qui s'est donné la mort, auparavant il l'avait reçu deux fois en consultation, ils avaient parlé de l'ambiance actuelle, de ces situations totalement inimaginables il y a encore quelques semaines, c'est là où l'on en revient à votre jeu, cette fameuse caisse de démolition. François m'a expliqué que ce pilote était venu le trouver suite à ce que l'on peut appeler la casse du transport aérien, c'est toi qui un jour m'a révélé que Orly avait été fermé…

— Oui, et cela ne s'arrange pas, les terminaux de Roissy ferment les uns après les autres et…

— Attends, tu en as peut-être entendu parler, François m'a raconté que dans certains pays les compagnies aériennes ont organisé des pratiques hallucinantes…

— Je sais, en Australie, les fameux vols pour nulle part, à Hong Kong également, les avions décollent et tournent en rond pendant deux heures avant de revenir se poser sur leur point de départ.

— Là, au moins, si l'on peut dire, ils mettent en route les réacteurs, mais en Indonésie, à Singapour exactement, la compagnie nationale organise des vols à terre, fictifs, sans décoller du tarmac, les Airbus A380 sont transformés en restaurants, les passagers peuvent réserver des repas à bord en classe Eco, Business ou First, l'éventail s'étend de 100 à 600 dollars suivant qu'on leur serve du poulet curry, du foie gras ou de la langouste. Clément il faut absolument intégrer ça dans votre jeu, les gens se bousculent dans la salle d'embarquement, ils sont soumis sous des portiques à de vrais contrôles de sécurité, ils doivent vider leurs poches, retirer leur ceinture et leurs chaussures, je n'arrive pas à le croire, on leur confisque même un coupe-ongles ou un flacon de parfum, les pilotes et le personnel de bord en uniforme sont là pour les accueillir, leur souhaiter la bienvenue à bord, les classes de la société se reconstituent dans l'avion, les passagers ont la possibilité d'étendre plus ou moins leurs jambes en rapport avec la somme qu'ils ont déboursée, ils regardent des films, se distraient avec des jeux vidéo, inclinent leur siège pour s'octroyer une sieste, détachent leur ceinture pour se rendre aux toilettes…

— Certains ont peut-être même le mal de l'air ?

— Pourquoi pas, on peut s'attendre à tout. Clément, quelqu'un s'est donné la mort, il ne pouvait plus supporter l'humiliation que lui infligeait notre monde grotesque, il ne supportait plus de s'être laissé incarcérer dans cette prison ridicule, l'état nous transforme en bouffon, ceux qui ne le supportent pas, ou plus, quittent, abandonnent cette vie, cette existence, pilote dans un avion qui ne décolle pas, mais bon sang ! Il faut se révolter !

— Jack ! Que vous arrive-t-il !?

— Clément bon sang ! Il ne m'arrive rien ! C'est à nous tous qu'il arrive quelque chose, à nous tous vous m'entendez, et ce quelque chose c'est rien, rien vous m'avez compris, Rien ! Pilote dans un avion qui ne décolle pas ! J'ai parlé avec François, mon ami collègue, il pense que je devrais cesser ma cure, ma retraite du monde…

— Je le pense également, je comptais vous… t'en parler.

— Et bien non, je vais encore m'y tenir, persister, rester à l'écart des agitations de surface, cela me permet d'observer le monde différemment, tenter de comprendre cette monstruosité que nos sociétés sont en train d'accoucher, Clément, nous devenons tous des pilotes d'avions qui ne doivent ou ne peuvent plus décoller, nous portons un bel uniforme, une casquettes et des manches galonnées, nous avons dû travailler dur et dépenser beaucoup d'argent afin de pouvoir accrocher sur nos vestes, au-dessus de nos cœurs, un diplôme, un brevet, en réalité un colifichet, nous allons passer le restant de nos vies à faire mine, semblant, servir des plateaux repas à des gens qui payent pour faire semblant de voyager à bord d'avions qui font semblant de voler, nous en sommes rendus là, c'est consternant.

— Mais tu sais, tout le monde ne fait pas docilement la queue devant ces salles d'embarquement, des mouvements de révolte apparaissent dans plusieurs endroits, en Espagne, en Italie, aux Pays Bas, aux États Unis, en Allemagne il y a eu des manifestations violentes, les gens ont bravé le couvre-feu ou le confinement avec des affrontements, de la casse et des saccages, chez nous s'est surtout la colère des libraires qui monte en puissance, les librairies sont exclues de la liste des commerces essentiels…

— Je suis au courant, mon ami François m'en a touché deux mots, il pense que le gouvernement est convaincu que la lecture de romans peut augmenter et accélérer la sécrétion de lulibérine, induire des troubles comportementaux et favoriser la propagation du virus, on ne peut donc plus acheter de livres, c'est bien ce qui se passe ?

— Oui et non à la fois, c'est pour cela que tu devrais sortir de ta retraite, constater par toi-même l'étendue des dégâts. Ne peuvent rester ouverts que seuls les commerces distribuant des produits dits essentiels, ce qui permet au pouvoir d'ordonner la fermeture de toutes les librairies et bibliothèques du pays, là-dessus est venu se greffer le problème des grandes surfaces où l'alimentaire, l'essentiel, peut côtoyer ce qui est jugé superflu, alors ils ont…

— Superflu ! C'est le terme qui a été employé !?

— Pas précisément, non essentiel, ce qui est à peu près équivalent, mais il n'y a pas que les livres à se trouver dans le collimateur, les produits de beauté, le maquillage, les parfums, les sous-vêtements, tout ce qui peut participer à la séduction, donner des idées aux gens, accentuer l'envie de plaire, alors ils ont décrété qu'il fallait interdire à la vente l'intégralité de ces produits.

— Ils craignent que toutes les femmes se transforment en Madame Bovary, les hommes en Julien Sorel, c'est vraiment stupide, le monde entier se retrouve masqué, on en rajoute en interdisant le rouge à lèvres et le fond de teint.

— Le résultat est… j'ai du mal à trouver le bon mot… en allant chercher tes courses au supermarché j'ai cru rêver, toute la travée littérature du rayon culturel avait été bâchée durant la nuit, plus un ouvrage à l'horizon, des immenses carrés de plastique bleu recouvrent et dissimulent les produits interdits.

— Fahrenheit 451, cela te dit quelque chose ? On est en plein dedans.

— Un film de Truffaut, un pays mystérieux où tous les livres doivent être détruits, brûlés, je l'ai vu, il y a longtemps.

— Avant de devenir un film c'est un livre paru au début des années cinquante, écrit par un certain Ray Bradbury, maître de l'anticipation, prince du fantastique. Incroyable ! Qui aurait pu imaginer !!

— Le problème pour le pouvoir c'est internet, on peut continuer à tout acheter sur les plateformes en ligne y compris des livres bien entendu.

— Alors les gens peuvent en profiter, ils ne vont pas se gêner.

— Oui et non, Stuart dit qu'Amazon est un piège à rats…

— Ah revoilà Stuart, cela faisait longtemps, et je suppose que l'acheteur est le rat ?

— Absolument, il laisse des traces partout, indélébiles, mieux que des empreintes digitales, les traces de ce qu'il lit, aime et consulte. Dernièrement le parlement a voté une loi qui autorise la surveillance des rues en utilisant des drones pilotés par la police, Stuart assimile Amazon à un drone de la taille d'une planète, la nôtre.

— Je ne connais pas précisément ton ami mais au travers de tout ce que tu m'en as dit je m'étonne un peu de ses préoccupations déontologiques, je doute que la fine analyse, le décorticage de nos vies privées perturbe son sommeil.

— Non, mais cela l'amuse, il n'est dupe de rien mais tout l'amuse, actuellement il recense certains faits divers liés à la crise sanitaire dans le but de les intégrer dans notre jeu, l'Amokopoly.

— Quel genre de faits divers ?

— De préférence des situations qui tournent le confinement et les ordonnances en dérision, il n'en démord pas et le répète à tout va, la crise sanitaire est une crise économique, une purge programmée.

— Un exemple, tu as un exemple ?

— Le dernier en date est celui d'une libraire du sud de la France, elle s'est faite livrer par un boulanger une trentaine de baguettes dans sa boutique qu'elle refuse de fermer prétextant qu'elle vend du pain, produit essentiel de première nécessité.

— Amusant, le problème c'est que l'on monte toujours en épingle le un pour cent qui se rebelle, le reste est passé sous silence. J'aimerais pouvoir jeter un œil sur votre Amokopoly lorsque cela sera possible.

— Tu souhaites être vacciné ?

— Et toi, tu penses être contagieux ?

— Très, probablement, vraiment, au point que je me suis interrogé si je devais venir aujourd'hui, bon, il y a les courses et…

— Il ne faut pas que cela devienne une obligation Clément, et quoi ?

— Et j'ai entendu une phrase qui m'a fait réfléchir, c'est une citation philosophique.

— Tu l'as entendue où ? Dans la bouche de quelqu'un ?

— Forcément.

— Oui mais à la radio, la télévision ?

— Non, non, une personne en chair et en os, une phrase qui disait : « *ce que l'on possède nous possède.* »

— Un grand fond de vérité, le dépouillement est souvent une épreuve mais aussi source d'enrichissement, la formule, si l'on peut dire, ne s'applique pas exclusivement aux objets, aux biens, il faut l'étendre à l'immatériel, les idées, les informations, les convictions, le bien être intellectuel, le confort des certitudes…

— Dis donc, j'ai l'impression d'écouter un prof de philo.

— Et c'est cette phrase qui t'a fait te demander si tu n'allais pas renoncer à venir ? Il me paraît tout à fait improbable qu'elle soit sortie de la bouche de ton ami Stuart ?

— Pour être très franc elle n'est sortie d'aucune bouche, je ne l'ai pas entendue, j'aurais préféré, je l'ai lue et c'est tout comme, c'est un sms que m'a envoyé Laura.

— J'attendais patiemment que tu prononces son nom, chacun de nous aujourd'hui l'a éludé soigneusement, je ne l'ai pas revue, elle a décommandé son dernier rendez-vous.

— Je suis au courant.

— Je m'en doute bien que tu le sais, comme j'imagine également que vous vous rencontrez tous les jours.

— Il n'y a pas assez de jours Jack, nous en souffrons tous les deux.

— Alors vous vous envoyez des messages, dangereuse addiction.

— On vit dans le danger, il n'y a pas assez de jours mais pas assez d'heures non plus, il n'y a pas assez de tout, pas assez d'elle, pas assez de moi, je revis, j'ai l'impression de naître à nouveau, j'ai bien dit naître Jack, pas renaître, le passé, mon passé n'existe plus, c'est terrible, quand je me retourne je ne vois qu'un cimetière, c'est encore plus terrible pour elle, ce ne sont pas des tombes qu'elle laisse derrière elle, des sépultures de souvenirs, mais des êtres vivants.

— Je le sais Clément. Je le mesure, je l'analyse

— Alors elle te l'a dit, elle t'a parlé de ses enfants, de ses deux filles, elle t'a parlé de son mari ?

— Pas… précisément, ni dans le détail tout du moins, c'est un sujet sur lequel je n'ai pas de commentaires à faire. Je me contente de relever tout de même ceci, il ne me semble pas évident qu'elle ait à l'esprit l'idée d'abandonner quelque chose derrière elle, et encore moins quelqu'un.

— Qu'est-ce qui te fait penser cela ?

— Clément, vous n'êtes plus mes patients, c'est un domaine sur lequel je ne peux et ne veux rien dire, et puis… les psychiatres sont des hommes comme les autres, souvent regardés comme des bêtes curieuses, obscures, il paraît que le noir est notre couleur…

— C'est vrai.

— Tu vois ! Nous mangeons, nous dormons et comme tout le monde nous rêvons. D'ordinaire ce sont mes patients qui me détaillent leurs pérégrinations nocturnes, aujourd'hui bien que mon dos aille mieux, je vais à nouveau, virtuellement s'entend, m'allonger sur ce divan pour te parler de ce rêve étrange qui m'occupe l'esprit depuis deux jours, j'ignore à quoi peut bien ressembler ton ami Stuart, je ne l'ai jamais rencontré et pourtant il m'est apparu au cœur de mon sommeil, surprenant non ?

— Effectivement. Et… dans quel contexte ?

— Et bien, encore plus surprenant, figure-toi que nous étions réunis ici, chez moi, tous les quatre autour de cette table…

— Tous les quatre ?

— Oui, toi, Stuart et Laura.

— Laura ! Laura était là ! Tous les quatre ici, en plein confinement ! Mais c'est formellement interdit !

— Absolument, mais les rêves échapperont toujours aux confinements, c'est leur pouvoir magique et leur force invincible, il n'existe pas pour eux d'assignation à résidence pour la bonne raison qu'ils ne possèdent pas de domicile fixe, alors oui nous étions bien là tous les quatre. Je n'imaginais pas Stuart aussi grand.

— Il l'est réellement, il a du mal à se caser dans sa Porsche. Il… Comment était-il vêtu ?

— Je ne me souviens que d'une veste rouge et d'un sourire éclatant, vous étiez arrivés ensemble.

— Sans Laura ?

— Laura était déjà là.

— Que s'est-il passé ? Que venions-nous faire ?

— Jouer.

— Jouer… ?

— Lorsque je vous ai ouvert la porte je pensais que le carton que vous teniez bien à plat était un gâteau, une pâtisserie, mais non, c'était l'ébauche, le prototype de votre jeu, votre vaccin, celui que maintenant vous avez baptisé Amokopoly.

— Jack ! Mais c'est génial ! On… on pourrait le faire !

— Bien sûr, pourquoi pas, vous seriez prêts ? Je parle du jeu, des règles.

— Sur le fond oui, sur la forme ce sera un peu du bricolage. Et… dans ton rêve, c'était comment dans ton rêve ?

— Clément, je te laisse le soin de lancer les invitations, dans trois ou quatre jours, le jeudi ce serait bien, tu me redis ? Une fin d'après-midi c'est parfait, à la bonne franquette, chacun amène son petit panier, un pique-nique dînatoire.

— Je m'en occupe, mais tu ne m'as pas dit, dans ton rêve, il se passait quoi dans ton rêve ?

— Bizarre, un rien loufoque, ou vous avez beaucoup d'imagination ou cette société est devenue totalement… invraisemblable. »

1 2

NO VENDIBLE INDIVIDUALMENTE

« Bienvenue ! Jack, appelez-moi Jack comme Clément a dû vous le dire.

— Enchanté, Stuart collègue de Clément.

— Plus qu'un simple collègue, il m'a beaucoup parlé de vous. Euh… eh… tutoiement d'office, c'est sans doute mieux non ?

— Pas de souci, sans problème, avec plaisir.

— Tiens, défaites vous tous les deux, vous avez pris l'averse, Clément tu connais le chemin, mettez vos impers et le parapluie dans la salle de bains.

— Laura n'est pas là ?

— Non, pas encore arrivée, peut être toujours à l'abri sous un porche, quel déluge ! Mais elle vient, j'ai reçu un message de sa part, elle apporte une quiche Lorraine faite maison.

— A ce propos avec Stuart on a fait un détour par le marché couvert, il y a deux choses dans ce sac, un assortiment de sushis à mettre au frais, je peux ?

— Bien sûr, fais comme chez toi, et la deuxième ? Je pense deviner…

— Pas bien compliqué, une pièce de collection, l'ébauche du premier Amokopoly, cela ressemble à du bricolage, pas vrai Stuart ?

— Deux soirées passées à remplir des fiches cartonnées, à s'appliquer surtout, on a tout mis en lettres bâtons, on écrit comme des cochons tous les deux, Clément t'a expliqué le principe ?

— Dans les grandes lignes, très original, je suis impatient. Il a dû t'avertir que je me suis retiré du monde peu de temps avant le début de la pandémie ?

— Très original également, cela colle bien avec ton job et je trouve la démarche intéressante. Dis-moi, j'ai aussi dans mon sac une bricole à mettre au frais, c'est secret, Clément n'est pas au courant, je peux le planquer au fond du frigo ?

— Bien sûr, ce n'est pas la place qui manque, mais ce n'était pas nécessaire, on avait dit simple.

— Justement, pas du tout compliqué à boire. Ah, j'entends quelqu'un frapper.

— Ce doit être Laura. Clément s'il te plaît, tu peux aller ouvrir, c'est ton invitée en quelque sorte.

— J'arrive, j'arrive, la mise en place est terminée, il ne manque que les dés, c'est toi qui les a pris Stuart ?

— Merde ! Les dés ! Ah c'est trop bête ! Quel idiot !

— Laura, je te présente…

— Stuart ! Enchanté ! Clément m'a parlé de toi, je dis tu, idem pour moi, le maître de maison a décrété le tutoiement.

— Bon alors, enchantée également, Clément m'a aussi parlé de vvv… enfin de toi alors. Bonsoir, euh… alors Jack alors ? Cela me fait vraiment bizarre.

— Mais non, mais non, bonsoir et bienvenue Laura, à moi également cela va sembler un peu… mais on va s'y faire, mets-toi à l'aise en commençant par ce foutu masque, vous finissez par l'oublier, je dis vous car je n'ai pas encore été muselé, si l'on peut dire, toujours pas pointé le nez dehors…

— Quelle histoire quand même, ça alors ! Vous avez prévu de dîner à quelle heure ? On peut mettre la quiche au frais…

— Non, non, pas de dîner, on grignote en jouant, rassurez-vous pour les dés je possède un jeu de Yam's quelque part dans ma bibliothèque, Laura et Stuart, Clément vous a raconté le point de départ ?

— Il m'a demandé de porter une veste rouge.

— Ce que tu n'as pas fait, mais tu t'es rattrapé avec un sourire éclatant présent aussi dans ce rêve.

— Il est sincère Jack.

— Je n'en doute pas. Laura, Clément t'a affranchie, tu sais que l'on se trouve tous réunis ici suite à l'un de mes rêves ?…

— Il m'a parlé de la veste rouge de Stuart, et moi alors, j'étais comment ?

— Tu étais autour de la table, je ne me souviens pas précisément de détails vestimentaires, en réalité comme dans beaucoup de rêves je ne me souviens pas de grand-chose, nous jouions c'est sûr…

— Qui gagnait alors ?

— Je suis incapable de le dire, il y a eu un grand silence, énorme, un abrupt, un grand trou noir qui a stoppé toutes les conversations, il a duré longtemps, longtemps, et puis… je me suis réveillé. Je vais chercher les dés. Installez-vous, Clément, toi qui connaît le mieux la maison, tu veux bien faire office de barman ? J'ai de l'Affligem, cela vous tente les hommes ? Laura ?

— Je suis gelée, je boirais volontiers un thé chaud si cela est possible ?

— Très certainement, rejoins Clément, il y a encore suffisamment d'eau dans la bouilloire.

— Euh… Jack, c'est bien cela hein ? D'Jack, pas Jacques, Clément m'a briefé là-dessus. Jack, à propos de la veste rouge, j'en possède réellement une dans ma garde-robe. Et le jeu, dans ton rêve tu te souviens de la disposition, comment étions-nous placés ?

— C'est important ?

— Non, pas vraiment, juste une question par curiosité, nous sommes quatre, c'est l'idéal, je propose que toi et Clément vous soyez face à face et idem pour moi avec Laura.

— Allons-y comme cela, tu veux bien te charger de nous expliquer les règles ? Toi ou Clément, mais l'idée de départ vient de toi non ?

— Tout à fait.

— Un vaccin, quand j'ai entendu ça cela m'a bien fait sourire tu sais, il faut oser quand même, un vaccin ! Je ne suis pas près de l'oublier.

— Non puisque tu en rêves même la nuit.

— Laura, Clément, nous vous attendons, le thé pourra infuser autour de la table, Stuart va nous expliquer les règles et les principes de base, j'ai mis la main sur les dés.

— Ils sont pipés, c'est important, hein Stuart, hier soir tu m'as bien affirmé que l'essence même du jeu est que tout est pipé ?

— Clément s'il te plaît, ne compliquons pas les choses, écoutez-moi bien, Laura, Jack, il faut être quatre pour disputer une partie, pas plus ni moins, chacun se positionne sur l'un des côtés du grand carré déplié devant nous, nous l'appellerons le 'Monde', au centre du 'Monde' il y a huit cartes, quatre verte et quatre jaune, ce sont les cartes dites de 'Vies établies', les vertes sont strictement personnelles elles ne doivent être connues que par celui ou celle qui les a tirées, les jaunes sont publiques, elles vous octroient le quart des richesses du 'Monde' réparties sur chacune des cases du tour du jeu. On commence par tirer les vertes, les secrètes, chaque joueur lance les deux dés, celui qui réalise le score le plus élevé choisi au hasard sa carte et ainsi de suite, s'il y a deux scores identiques les deux rejouent, ensuite idem pour les cartes jaunes, encore une fois à la différence des vertes elles sont publiques, suivant les résultats des dés vous pouvez choisir la carte vers laquelle vont vos préférences, oui, Laura ?

— C'est-à-dire un pays ?

— Non, il n'y a plus de pays dans le 'Monde', il n'y a plus que des Compagnies, des industries, les anciens pays sont devenus des territoires récipients, rien de plus. Chacune des cartes a sa particularité, ses richesses, bancaires, alimentaires, industrielles, tourisme, armement, matières premières etc… mais le montant total de ces richesses est le même pour toutes les cartes, idem pour le nombre d'employés.

Pour être plus précis et pour faire simple dans quelques minutes chacun de nous va posséder mille milliards d'euros et trente millions de sujets qui font fructifier cet argent.

— Des sujets !?

— Oui Jack, des sujets, il n'y a plus d'individus, dans ce 'Monde' la numérisation de la société a engendré une poignée de Pharaons pour lesquels travaillent des millions d'esclaves heureux, ils construisent, élèvent jour et nuit des pyramides de profits, inlassablement et dans un bonheur global dont personne ne peut s'échapper, mais là je m'éloigne un peu, concentrons-nous sur l'explication des règles du jeu.

— Attends, juste une petite minute, tu as prononcé bonheur global, c'est le psy qui monte au filet, qu'est-ce que vous entendez par bonheur global ? Je m'adresse aussi à toi Clément, c'est votre bébé à tous les deux en somme.

— On pourrait dire que les gens sont globalement heureux Jack, c'est un sujet que l'on a déjà abordé ensemble.

— Pas sous cet angle Clément. Stuart, tu as un autre éclairage ?

— Bien sûr que globalement heureux cela veut à la fois tout et ne rien dire, disons que la majorité des gens vivent dans une forme de béatitude et ne se posent pas de question, le profit grimpe et la pyramide monte. Laura, tu as l'air perdue ?

— Alors perdue, non, comme les arbres les pyramides ne montent pas jusqu'au ciel, alors je m'interroge.

— Mais c'est parfait Laura, excellent pour nous recentrer sur les règles du jeu. Effectivement les pyramides ne montent pas jusqu'au ciel, c'est bien là le problème, il arrive toujours un moment… où… comment dire… prenons l'exemple du repas, où l'on arrive à satiété, où l'on ne peut plus rien avaler, et pourtant il faudra bien un jour recommencer à manger, alors… ?

— Alors on jeûne, c'est ça ?! Tu parles d'un exemple, belle image du confinement.

— Oui Jack, on jeûne ! Avant il y avait la guerre pour jeûner, jeter tout par terre, maintenant avec le nucléaire ce n'est plus possible, on ne peut plus localement détruire l'économie, il n'y a plus de sanctuaire, de Suisse, de Lichtenstein, de Vatican, de Luxembourg, c'est la planète entière qui saute, et puisque comme l'affirme Laura les pyramides ne montent pas jusqu'au ciel il faut bien trouver un moyen pour les raccourcir, continuer à faire des profits. Donc ? Vous suivez ? Jack, Laura ?

— Alors c'est ça ? Le jeu, trouver un moyen de remplacer une guerre ?

— Laura, pas une guerre, LA guerre, la grande guerre, la mondiale, celle qui dévaste tout, un continent, des continents entiers en ruine et des populations saignées à blanc.

— Stuart on va comprendre en jouant, tu t'allongeras sur mon divan une autre fois, continue.

— Pas de souci, regardez, j'ai dans ma poche quatre pièces de jeu d'échec, deux fous et deux cavaliers, rien à voir avec les échecs, j'aurai pu prendre d'autres pions, mais si j'avais pu choisir quatre fous différents je l'aurais fait. Honneur aux dames, à la dame, Laura, qu'est-ce que vous… tu choisis ?

— Le cavalier blanc alors.

— Jack, à toi ?

— Est-ce bien raisonnable pour un psy de s'identifier à un fou ?... Je vais donc concourir sous les couleurs de cheval noir, ah, ah, ce qui fait qu'il reste deux fous, les créateurs de ce jeu.

— Bien joué. Clément, je prends le blanc. Allez, on continue. Chacun lance une fois les dés… onze pour Jack, dix pour moi, six pour Laura et deux et un trois pour Clément. Jack c'est à toi, tu tires une carte verte que tu ne montres à personne et tu choisis une carte jaune, celle qui te tente.

— Oh, plutôt celle qui me séduit, le fait de vivre reclus me donne des envies de voyages, je prends celle-ci.

— Bravo Jack, l'alimentaire, la culture et le tourisme, te voilà à la tête d'un empire international de mille milliards d'euros et de trente millions de collaborateurs, tu possèdes la totalité des supermarchés de la planète, l'ensemble des studios de productions de films, des maisons d'éditions et tu contrôles les tours opérateurs des cinq continents. C'est à moi maintenant, bon, c'est sans hésiter que je choisis celle-ci, on prétend que ce sont les cordonniers les plus mal chaussés et bien je vais faire mentir le dicton, à moi donc les banques internationales, les fonds d'investissement et les compagnies d'assurances.

— Alors j'y comprends rien, mais c'est vraiment toi qui détiens notre argent à tous alors ?

— Oui Laura, qui le détiens comme tu dis, qui le garde, mais je n'en suis pas le propriétaire. Tu as fait six, c'est à toi de choisir maintenant.

— Bah... Jack m'a devancée, alors le choix est vite fait, je prends les labos pharmaceutiques, les majors de l'industrie du luxe et des soins du corps avec en prime, on se demande ce que cela fait là d'ailleurs, la totalité des compagnies aériennes. Jack c'est toi qui possèdes le tourisme, je sens que l'on va faire du business ensemble.

— Ce mot m'est étranger Laura. Qu'est-ce qui te fait sourire Stuart ?

— Tu ne fais jamais payer tes clients ?

— Ce sont des patients.

— Oui mais ils payent quand même.

— Pas obligatoirement, demande à Clément.

— Il n'a pas le choix Clément, il ne dira rien, il va endosser le costume du diable, la dernière carte elle est pour lui, tu nous la lis ?

— Oui, je lis, accrochez-vous bien, le fou noir détient les industries d'armement du monde entier, les centrales et la recherche nucléaire, avec en prime la totalité des ressources planétaires d'énergies fossiles, heureusement que ce n'est pas ta carte Jack, on t'aurait appelé Docteur Folamour. Qu'est-ce que je vais faire de tout cela ?

— Tu le sais très bien, on a créé ce jeu ensemble, écoutez-moi bien à présent, nous lançons les dés à tour de rôle, si votre score est inférieur à six il ne se passe rien, sauf !... Sauf si vous faites un double, quel qu'il soit, dans ce cas vous tirez une carte dans la caisse de 'démolition' et vous la lisez à haute voix. Si votre score est supérieur ou égal à six vous tirez une carte dans la caisse de 'hasard', et bien entendu si en même temps vous avez réalisé un double vous piochez également dans la caisse de 'démolition'. Le contenu de chaque carte tirée doit impérativement être porté à la connaissance de l'ensemble des joueurs. Écoutez-moi bien à présent, les cartes vertes de 'vies établies' que nous détenons nous donnent le droit d'interférer dans le jeu à tout moment au fur et à mesure de l'énoncé publique des cartes de 'hasard' et de 'démolition', cela paraît compliqué mais c'est en réalité très simple.

— Ah… ? Clément, Jack, je ne sais pas ce que vous en pensez, on pourrait prendre un exemple alors ?

— Bien sûr Laura, tiens, tire une carte dans la caisse de 'démolition ' et lis la nous.

— Euh… je ne pourrais pas plutôt commencer par la caisse de 'hasard', je n'aime pas trop 'démolition', c'est le mot, cela me fait peur.

— Et bien pas de souci Laura, admettons que tu aies fait un double quatre, tu peux piocher dans les deux caisses, vas-y pour le hasard en premier.

— Bon, alors je tire. Et je vous la lis alors ?

— Absolument.

— 'Hasard' : « *On est sans nouvelle d'un vol reliant Paris à Los Angeles, l'appareil avec 235 personnes à bord a disparu au-dessus de l'Atlantique trois heures après son décollage.* »

1 3

NIE DO SPRZEDAZY POJEDYNCZO

« Vous en pensez quoi les hommes, un avion qui disparaît au-dessus de l'Atlantique, on est plutôt dans la démolition, non ?

— Pas obligatoirement Laura, il a disparu, on ne sait pas où il est, cela ne veut pas dire qu'il s'est abîmé, tire ta deuxième carte.

— Rien à voir avec le transport aérien, écoutez : « *Le plus important équipementier automobile européen délocalise la majeure partie de sa production en Chine, un plan de restructuration prévoit une perte sèche de quatre mille emplois sans compter les départs à la retraite anticipés.* »

— Bien, quelqu'un possède-t-il dans sa carte verte des éléments pouvant être mis en perspective avec les deux cartes que Laura vient de nous lire ?

— Oui moi alors.

— Décidément c'est toi qui gardes la main Laura.

— Je peux dire, alors ?

— Pas de souci, non seulement tu peux mais tu dois.

— Bon, alors, il y a pas mal de choses mais je retiens celle-ci : « *Un jour de printemps vous décidez soudainement d'abandonner votre travail et quelques heures après vous sautez dans un avion pour rejoindre les États-Unis.* »

— Dans ce cas moi aussi j'ai quelque chose.

— Oui Clément, je m'en doute bien.

— Je suppose bien que tu t'en doutes, écoutez ce que en toutes lettres révèle ma carte verte : « *Vous présidez l'Assemblée Générale du consortium des cinq plus importantes compagnies pétrolières au monde où est entériné le fait que dans quatre années plus de la moitié du parc automobile roulera à l'hydrogène ou à l'électrique.* » Ah !!!

— Ah quoi ? Je ne vois pas le rapport ?

— Mais si Jack, l'automobile !

— Je ne vois toujours pas, on parle d'équipementiers automobile, pas de moteur, essence ou électrique il faudra toujours des essuie-glaces.

— Jack, souviens toi de l'étymologie de l'Amok, K comme knock on effect, l'effet ricochet, je vais pouvoir balancer des centaines de milliers de gens au chômage ou en pré-retraite, et perdre de l'argent, beaucoup d'argent, car le but du jeu c'est bien ça ! Tout foutre en l'air pour redémarrer, hein Stuart ?

— Oui, bon, Laura, Jack, écoutez tous les deux, ces mille milliards d'euros et ces trente millions d'employés que chacun de nous possède, c'est pour l'instant quelque chose de très virtuel, mais dans la version définitive au fur et à mesure que le jeu progresse les milliards perdus et les chômeurs seront représentés par des jetons de bois, rond et jaune pour l'argent, carré et rouge pour le personnel débarqué, tout cela sera stocké dans un espace dédié au centre du jeu et fera régulièrement régresser le cours de l'action.

— L'action ? Quelle action ?

— Mais… Jack, l'action de la banque voyons, enfin plus exactement des banques, dans ce jeu les avoirs bancaires du monde entier sont concentrés sur une seule banque, LA banque et…

— Attends, je n'y comprends plus rien, ou plus exactement j'ai peur de trop bien comprendre, tu veux dire que…

— On ne veut rien dire Jack, on constate, c'est le jeu…

— Le jeu des jetons de bois, rond ou carré, jaune ou rouge, c'est ça le jeu, qu'est-ce qu'il faut constater au juste ? Moi je constate que derrière ces jetons de bois il y a des gens qui vont se suicider, des enfants qui vont pleurer dans leurs lits à Noël…

— Possible.

— Alors là, possible, c'est tout ce que vous… tu trouves à redire Stuart ?

— Laura, mais non, Jack, Laura, écoutez-moi bien tous les deux, Clément il faut leur expliquer, ce n'est qu'un sale moment à passer, l'économie va se relever et…

— Ceux qui se sont suicidés, qui auront tout perdu, ils ne vont pas se relever eux…

— Oui, possible, comme beaucoup de gens en 14-18 ou 39-45 ne se sont pas relevés, mais l'économie, elle, s'est bien relevée, regardez autour de vous, il n'y a pas que des monuments aux morts aux centres des villages, il y a autour beaucoup de commerces et de superettes, nous, nos parents, on en est un bon exemple, non ? On ne va tout de même pas pleurer la bouche pleine, cracher dans la soupe.

— Tu parles d'une soupe.

— Laura c'est fini tout ça, on ne peut plus refaire le Vietnam, Rolland Garros…

— Rolland Garros ?

— Oui, Rolland Garros, le Vietnam c'était un court de tennis, d'un côté les russes, de l'autre les américains, ils se sont pilonnés la gueule pendant des années, des tonnes de bombes et de napalm, plus une feuille sur un arbre, des montagnes de crânes et de fémurs…

— Arrête un peu, cela devient pathétique alors.

— Alors rien Laura, Jack, tu peux comprendre cela ?

— Comprendre ? En tant que psy je peux commencer par l'entendre.

— Tu peux, vous pouvez l'entendre, et maintenant ?

— Et maintenant quoi ? Quoi maintenant ?

— Maintenant : la baie d'Along, tout est calme et volupté, il n'y a plus trace de rien, l'oubli fait partie de nos gènes.

— Non.

— Si Jack, le temps des boucheries est révolu, les B 52 et les bombes à fragmentations c'est fini, l'Amok 44 remplace le gaz moutarde des tranchées de nos grands-pères, entre nous c'est quand même un peu plus subtil non ? Raser une économie avec un virus, les chinois ont bien rattrapé leur retard, si toutefois retard il y avait.

— Stuart, c'est une… comment dire… une posture, ou tu penses vraiment ce que tu affirmes ?

— Jack, je ne pense rien, ceux qui pensent s'égarent forcément, il suffit de regarder.

— Et qu'est-ce que tu regardes ?

— Le cours de l'action de la banque, au début de la pandémie, lorsque quelqu'un a donné un grand coup de pied dans la fourmilière et que les bestioles se sont mises à courir dans tous les sens l'action est tombée à vingt-quatre euros, n'est-ce pas Clément ?

— Jack est au courant Stuart, c'est un chapitre que nous avons déjà abordé ensemble, mais Jack ignore ce qu'est une action.

— Ce n'est pas exactement que je l'ignore, je m'applique surtout à rester étranger au monde de la finance et à ce que je ressens comme être ses turpitudes, Clément m'a régulièrement tenu au courant de la progression de vos richesses virtuelles et…

— Et tu en as retenu quoi ?

— Concrètement un chiffre, qu'il fallait tout revendre un cheveu sous la barre des quarante euros, j'ai l'impression face à vous deux d'être un extra-terrestre, Laura, rassure-moi, tu t'y connais en marché boursier ? A priori rien à voir avec l'amour, et pourtant il paraîtrait que si.

— Euh… on s'éloigne un peu du jeu, là, on a encore quelques points du règlement à examiner, Laura, Clément ?

— Alors avant je tiens quand même à répondre, je suis un peu comme toi Jack, je n'ai qu'un livret de caisse d'épargne qui d'ailleurs ne me rapporte plus rien.

— Ciel ! Stuart, Clément, vous les spécialistes, les caisses d'épargne seraient-elles en passe de devenir des caisses de démolition ? Les amis, souhaitez-vous une autre bière ? Il est bientôt vingt heures et je commence à ressentir un petit creux.

— Euh, Jack, à ce propos, tout à l'heure j'ai placé une bonne bouteille dans ton frigo, ce soir c'est moi qui offre l'apéritif, j'y tiens.

— Écoute, mon frigo est très honoré de t'accorder cette hospitalité, y a-t-il une raison particulière pour qu'au cœur d'un confinement tu régales la compagnie ?

— Tu as des flûtes ? Sans vouloir commettre un mauvais jeu de mots j'ai choisi la marque Ruinart !

— Excellente réputation ! Ce ne sont pas des flûtes mais des coupes à la mode ancienne, en cristal, souvenir de ma maman, alors, que nous vaut donc l'honneur ?

— Bah oui alors, Clément tu es au courant ?

— Pas du tout Laura, Stuart, tu as déposé le jeu et le titre à l'institut national de la propriété ?

— Pffftttt, le jeu, il est terminé le jeu, ce n'est plus la peine de continuer, on est tous vaccinés.

— Mais dites donc tous les deux, on n'a pas commencé et c'est déjà terminé, qu'est-ce que c'est que cette arnaque, je vais chercher les coupes, Stuart, fais avancer le Ruinart et tes explications avec.

— Oh l'explication elle n'est pas très bien compliquée, elle tient en quelques chiffres : cinquante-trois soixante-quatre.

— C'est le prix de la bouteille alors ?

— Non Laura, c'est le cours de l'action de la banque durant quelques minutes, quelques secondes même…

— Quoi ! Tu as vendu ?!!

— Oui, Clément, j'ai vendu, à la bonne seconde.

— Tout ?

— Oui, tout, mais j'ai sans doute fait une connerie, j'aurai dû attendre un peu, j'ai plus que doubler exactement ma fortune, c'était trop tentant, mais toi tu vas pouvoir faire mieux, tu n'es pas pressé, dans quelques semaines elle devrait grimper encore plus haut…

— On avait pourtant dit un poil sous les quarante…

— Allez Clément, c'est toi qui a le potentiel maintenant, je suis sûr que j'aurai dû patienter, en attendant champagne pour tout le monde ! Approchez vos coupes et buvons à la santé du virus, à nos bénéfices et à l'économie qui va se redresser…

— Et… et aux millions de chômeurs, et aux restaurants, et aux commerces fermés, aux théâtres, aux cinémas, aux bibliothèques, aux vies sinistrées, à ceux qui ont tout perdu, ceux qui se sont sentis devenirs fous et pestiférés, ceux que l'on a enfermés, Stuart, ton champagne a un petit goût amer.

— Jack, écoutez-moi tous…

— Ils vont se redresser eux ?

— Jack, écoutez, oui, ils vont… bien sûr… cela ne se fera pas… il faudra du temps, de nouvelles opportunités, mais…, et puis tout cet argent, l'argent que nous avons gagné, toutes ces gigantesques fortunes sorties comme des champignons, elles vont servir à cela, gagner encore plus d'argent, reconstruire un autre système, remettre la table debout avec de nouvelles Compagnies, de nouveaux emplois, écoutez…

— Quoi écoutez alors, Clément on n'est pas venu ici pour se disputer, mon intuition féminine me dit que l'on devrait rapidement changer de conversation.

— Et moi mon expérience de psy m'amène à penser que vu le jeu déployé sur la table cela risque d'être compliqué de passer à un autre sujet, écoutez… il est pile vingt heures, vous entendez… les applaudissements !

— Excellent, c'est un signe, la rue applaudit au moment où je m'apprête faire sauter le bouchon.

— Nous allons trinquer au profit ! Dans mon appartement ! Je n'arrive pas à le croire… que vas-tu faire de tout cet argent Stuart ?

— Vendre ma Porsche et rouler en Aston Martin, c'est pour cela que sans s'en rendre compte ils applaudissent, allez, approchez vos coupes.

— Tiens, on frappe à la porte… tu attends quelqu'un Jack ?

— Personne. Ce doit être une erreur, ou alors la caisse de hasard, ah, ah… juste une seconde, je vais voir et on trinque…

— Bonsoir Monsieur, vous êtes le propriétaire des lieux ?

— Le locataire, l'occupant si vous préférez, je ne suis propriétaire de rien, Messieurs, à qui ai-je l'honneur ?

— Brigade Sanitaire, voici nos attestations… euh… nous sommes désolés de devoir interrompre vos activités. Nous notons que vous êtes sensé occuper seul ce logement et que nous nous trouvons en présence d'une réunion de personnes non autorisées à s'affranchir des règles du couvre-feu, par ailleurs nous devons relever qu'aucun d'entre vous ne porte un masque et…

— Cette intrusion est… comment dire… voyons… assez déplaisante, nous nous apprêtions à passer à table…

— Soit, mais dans une ambiance festive qui constitue une enfreinte aux règles de distanciation sociale, avec un non-respect des gestes barrières et du protocole de lutte contre la pandémie dicté par l'urgence sanitaire…

— Dites donc vous avez bien appris votre leçon…

— Laisse Stuart. Messieurs ces personnes sont des patients.

— Monsieur, à cette heure et autour d'une bouteille de champagne ils ne peuvent plus être considérés comme des patients, d'ailleurs…

— D'ailleurs quoi ?

— L'application Santénelle nous indique que se trouvent ici deux personnes répondant aux noms de Laura Lecomte et de Clément…

— Mais c'est nous alors !

— Je suis Clément Delmas, que nous voulez-vous ?

— Vous protéger et protéger les autres, Santénelle a détecté une suspicion de contamination à l'Amok 44, pour votre bien et celui de la communauté nous vous demandons de bien vouloir nous suivre.

— Une suspicion !?

— Madame…

— Elle repose sur quoi votre suspicion ?

— Sur la géolocalisation de vos smartphones via Santénelle, sur la fréquence soudaine de vos rencontres hors contexte professionnel et familial, sur le…

— Et alors, je suis une femme libre.

— Mais madame, nous sommes tous des citoyens libres, en ces temps de pandémie la première de nos libertés est celle de nous protéger et de protéger les autres.

— Tu entends Clément ?! Vous entendez tous ?! Vous comprenez ?! Nous jouissons de la liberté d'être emprisonnés !

— Mais madame, il ne s'agit pas de prison, simplement de s'isoler, d'être placé en observation comme beaucoup d'autres cas contacts, vous n'avez rien à craindre et surtout ne pas culpabiliser, le gouvernement vous considère comme des victimes, l'Amok 44 a mis à mal beaucoup trop de vies, d'existences, détruit, bouleversé tellement de situations harmonieuses, c'est un devoir civique de respecter les règles d'isolement.

— Les règles ? Écoutez, ces personnes sont mes hôtes, vous parlez de règles, quel euphémisme !

— Œuf de quoi ?

— Rien…, euh… laissez tomber, ces règles sont des injonctions et ce que pudiquement vous nommez isolement relève de l'internement pur et simple.

— Madame, Monsieur, je vous invite à nous suivre, nous passerons par vos domiciles respectifs pour récupérer quelques effets personnels, l'état prendra en charge la totalité des pertes salariales ainsi que les conséquences financières imputables à votre mise en quarantaine, quoi qu'il en coûte.

— Quarantaine ! Quarante jours ! Clément, on ne peut pas laisser faire cela !

— Madame, c'est une expression, la durée moyenne des mises à l'isolement relève d'une dizaine de jours.

— Moyenne, et le maximum alors ?

— Tout dépend de la qualité de votre coopération, dans l'immédiat je vous invite tous à bien vouloir recouvrir le bas de votre visage par un masque.

— Au revoir tous les deux, cela va être dur de goûter ce champagne sans vous, quant au jeu n'en parlons plus, mais vous savez messieurs, ce sont vraiment des patients.

— Mais nous le savions. De quel jeu parlez-vous ?

— De l'Amokopoly, le nom vous rappelle forcément quelque chose, d'ailleurs c'est beaucoup plus qu'un jeu, c'est parait-il un vaccin, cela devrait vous intéresser, soulager votre travail, vous arrivez, enfin... vous débarquez trop tôt, après avoir trinqué nous nous apprêtions à lancer les dés et nous retrouver tous vaccinés, n'est-ce pas Stuart ? Stuart est celui que l'on peut considérer comme le père du bébé.

— Euh, oui, absolument... enfin pas tout à fait... Jack, n'exagérons quand même rien.

— Et modeste avec cela. Vous devriez rester encore un peu avec nous avant de les embarquer.

— Mais nous n'embarquons personne, nous protégeons les populations et...

— Oh allons, un petit effort, disons une petite demi-heure, quelques lancers de dés et deux, trois cartes tirées dans ces deux malles aux trésors que les géniteurs ont baptisées caisses, la caisse de 'hasard' et celle de 'démolition', vous n'êtes pas là par hasard ?

— Nous sommes là pour faire notre devoir, encourager le civisme et la discipline républicaine, des valeurs qui n'ont rien à voir avec le hasard.

— Certes, même si cela fait un peu fourre-tout pratique.

— Qu'est-ce que vous voulez dire par là ?

— Moi je ne veux rien dire, je note simplement que l'on repeint sous les couleurs du civisme beaucoup de restrictions de liberté, alors ? Vous restez un peu avec nous ?

— Merci. Nous devons y aller. Madame, Monsieur…

— Je vous laisse la quiche à tous les deux alors…et ton champagne Stuart ? Clément, tu es où ?

— J'arrive, je récupère mon parapluie. »

14

NEPRODEJNE PO JEDNOTLIVYCH KUSECH

« On l'ouvre quand même ? Tu penses qu'on les reverra bientôt ?

— Stuart, on ne revoit jamais le monde d'avant, eux, oui on les reverra, ce n'est pas la Chine ou la Corée du Nord, quant à cette bouteille, à deux ce serait peut-être déraisonnable de l'entamer.

— Mais actuellement nous vivons dans la déraison.

— On ne se connait que depuis une heure et c'est exactement la réponse que je pressentais, de mes conversations avec Clément resurgit le portrait que je m'étais imaginé, tu penses vraiment que nous vivons dans la déraison ?

— Hmmm, il y a ceux qui pensent les yeux fermés et ceux qui regardent.

— Et toi tu regardes ?

— Oui, je regarde, je constate surtout.

— Tu avais déjà rencontré Laura avant ce soir ?

— Jamais, j'ai fait sa connaissance aujourd'hui mais Clément m'en avait parlée.

— Parlé, simplement, ou tout raconté ?

— On ne raconte jamais tout. Il s'était confié à moi et j'en avais suffisamment appris pour le mettre en garde, cette affaire, si l'on peut dire, arrivait au mauvais moment…

— Il n'y a pas de bon ou de mauvais moment pour tomber amoureux de quelqu'un, non ?

— C'est marrant, jamais de ma vie j'aurais imaginé devoir me rendre chez un psy, et là, tu vois, tes questions, tes commentaires, j'ai subitement l'impression de me retrouver en consultation.

— Et bien ne te gêne pas, allonge-toi sur le divan si tu souhaites vraiment entrer dans la peau du personnage.

— Vrai ?

— Bien sûr, pourquoi pas, il est là pour ça.

— Allez, banco ! C'est une expérience comme une autre, mais par contre, cette bouteille, j'aimerais bien qu'on l'ouvre, on ne se sent pas obligés de tout boire, boire non, enfin… déguster, mais quand même, un Ruinart, aujourd'hui, à cette heure !

— Alors installe toi, je vais m'en occuper, discrètement, il ne faudrait pas que la brigade sanitaire ait l'oreille collée à la porte, les bouchons qui sautent, en ce moment cela ne doit pas courir les rues, je plaisante bien entendu.

— Bof, ils ont d'autres chats à fouetter.

— Oui, mais tu te rends compte quand même, Laura, Clément…

— J'avais pourtant bien prévenu Clément, je lui avais conseillé d'ignorer ce truc, là, cette application, Santénelle, protéger les gens, tu parles, les fliquer oui ; détecter les cas contacts, tu parles, les suspects oui…

— Tiens, celle-ci est la tienne, relève-toi un peu cela risque d'être périlleux, il se dit que les flûtes sont préférables aux coupes, elles retiennent mieux le bouquet…

— Qu'importe le flacon… pourvu que…

— Allez, tchin, à la santé de… de qui, de quoi au juste ? Quand je regarde ce jeu, cet embryon de jeu, ce prototype, là, déployé sur la table, je ressens un peu de frustration, l'Amokopoly, j'aurais bien aimé aller jusqu'au bout par curiosité, à deux ce n'est plus possible.

— Mais si, tu vas y parvenir jusqu'au bout, comme tout le monde, il suffit de lire les journaux, écouter la radio, la télé, sortir de ta bulle, ta retraite, tu verras, la pandémie prendra fin lorsque le niveau de destruction de l'économie mondiale aura atteint un seuil raisonnable.

— C'est quelque chose de dur à entendre, effrayant. Ouf ! Un seuil raisonnable !!

— Oui mais pas que, effrayant est bien le mot juste, il s'agit effectivement d'effrayer les gens, là aussi la pandémie s'arrêtera lorsque la terreur sanitaire aura accompli son œuvre, faire reculer les libertés individuelles jusqu'à un niveau acceptable.

— Acceptable par qui ?

— Par la masse, par toi, par moi, nous ne sommes plus Jack, Laura, Clément, Stuart, nous sommes le troupeau. Tu vois, affoler les gens, nous foutre la trouille, brandir sous notre nez un sésame qui ouvre toutes les portes…

— Un sésame ?

— Oui, un truc, un joker qui leur permet de tout s'autoriser, qui culpabilise et fait baisser la tête à ceux qui pourraient malgré tout encore se poser des questions…

— Et ce… joker, c'est quoi d'après toi ?

— Oh moi je n'ai rien à voir là-dedans, qu'est-ce que tu penses du champagne ?

— Correct. Je ne suis pas un spécialiste, mais correct. Non ?

— Un ou deux degrés de moins ce serait parfait, tu devrais la remettre un peu au frais. Ce joker Jack, cette formule magique qui fait tout le monde se jeter face à terre sans se poser de question, c'est la vie. Oui, la vie, la phrase ostensoir récurrente, leur joker imparable, c'est : *il s'agit de sauver des vies*, quand ils ont prononcé ces mots il n'y a plus aucun débat possible, tout le monde regarde le bout de ses chaussures, car qui peut prétendre être contre la vie ? Personne, sauf qu'en réalité ils en détruisent beaucoup plus qu'ils n'en sauvent, le remède est bien pire que le mal, c'est le but caché et inavoué du jeu.

— Quel cynisme ! Tiens, j'ai ramené du frigo quelques-uns de vos sushis. Le jeu ! Votre Amokopoly est donc le miroir de ce qui est en train de se dérouler, c'est vraiment ce que vous pensez ?

— Jack, une nouvelle fois il n'est même plus question de penser, bon sang, il suffit de regarder, ce jeu est une troisième guerre mondiale, sauver, multiplier le capital, le faire renaître de ses cendres, je sais, je me doute que pour toi on ressemble à des martiens, là, allongés sur ton divan, on parle, on vit des choses qui appartiennent à une autre planète, je suppose qu'ici les patients viennent s'épancher sur leur peine de cœur, leur mal être, leur dépression, leur burn out, pas sur les marchés financiers, sur le marché. Et alors…

— Et alors admettons.

— Admettons quoi ?

— Que l'on instrumentalise l'irrationnel, car il n'y a pas plus irrationnel que l'amour fou, la passion soudaine, pour fomenter un complot rationnel international prenant ses racines en Chine, c'est bien cela ?

— Tu me poses la question comme si j'étais Big Brother, l'organisateur du système.

— Tu as quand même doublé ton capital en quelques semaines.

— Sûr que oui, mais je reste un petit aventurier, j'ai réalisé un pâté de sable sur une plage avec mon seau et ma pelle pendant que d'autres ont déplacé des dunes, tu as entendu parler du Bitcoin ?

— Oui.

— Et cela t'inspire quoi ?

— Rien, que faudrait-il en penser d'après toi ?

— Mais pourquoi toujours penser ! Un analyste ne pense pas, il estime, et bien de plus en plus d'analystes, principalement des grandes banques de la City, estiment que la cryptomonnaie numérique et décentralisée est l'or du futur.

— Et concrètement ?

— Concrètement c'est très simple, cela tient à deux chiffres, lorsqu'en Chine le virus, l'Amok 44 est apparu, le bitcoin cotait 4900 dollars, vendredi dernier il a franchi durant quelques secondes la barre des 40 000 dollars…

— Où sont les fous ?

— Tu vois, cela peut sembler dingue hein ? Mais c'est complètement factuel, il n'y a rien à redire, on peut contester, mettre en doute la réalité du virus, mais personne ne pourra nier que quelqu'un qui possédait un million de dollars il y a quelques mois en a huit maintenant.

— Lorsque je dis où sont les fous je m'interroge sur ces gens que l'on enferme parce qu'ils tombent soudainement amoureux de leur prochain, parce qu'ils abandonnent brutalement la case, le poste qui leur avait été assigné pour la vie, et sans même parler du prochain, parce qu'un jour, un instant, un matin au réveil ou au coin d'une rue ils se sont regardés dans un miroir ou le reflet d'une vitrine et subitement ont décidé de s'évader, de se mettre à détaler de toute leur force, comme des fous, des Amok, vers quelqu'un d'autre, vers eux même ou vers ce qui à nous ne ressemble à rien mais qui pour eux se révèle être une seconde naissance, plus sûrement même une naissance tout court, ils se sont mis à s'aimer, à accepter qu'ils allaient, devaient mourir un jour et qu'il n'y avait plus un seul instant à perdre, alors ils courent, ils font, ils commettent ce que d'aucun appelleront n'importe quoi, alors oui, je répète la question : où sont les fous Stuart ? De quelle pandémie s'agit-il ? Le marché, ton marché…

— Ce n'est pas plus le mien que le tien, nous lui appartenons tous.

— Peu importe, nous sommes tous concernés, je veux bien dire mon marché, notre marché, j'ai beau vivre comme un ermite depuis quelques semaines je reste quand même un acteur et je me pose la question.

— Laquelle, celle de savoir si c'est raisonnable de se resservir deux doigts de Ruinart ? Je me lève et je vais chercher la bouteille…

— Non, ne bouge pas, j'y vais. La question de savoir si l'on est vraiment les victimes aveugles et consentantes d'un gigantesque complot, ce ne serait pas la première fois dans l'histoire de l'humanité.

— Ah ?

— Sous cette forme non, mais les guerres, toutes les guerres sont des complots, elles anéantissent mais elles enrichissent encore plus ;

— Méfiez-vous, enfin méfie-toi, si l'on t'entendait tu pourrais être placé à l'isolement.

— Pas nécessaire de parler, lire suffit, deux minutes je reviens, il faut que je retrouve quelque chose, ressers nous en attendant…

…tiens regarde, il n'était pas bien loin, chaque année en septembre il y a une braderie dans le quartier, je vais chiner, j'aime cela, il y a trois ou quatre ans j'ai acheté ce livre, un euro si je me souviens bien, écoute : *Été 1944, Mensonges et Désinformation, comment on vend une guerre,* d'un certain Léon Schirmann. Intéressant non, il y explique que le mensonge 'patriotique' et la désinformation d'État sont toujours d'actualité. Si l'on parvient à vendre des guerres pourquoi pas des pandémies… cela reste des hécatombes.

— Tu l'as lu ?

— A dire vrai pas totalement mais j'en ai retenu la substantielle moelle, c'est triste.

— Tiens, approche ta coupe, je vais faire le service, ce n'est pas facile à moitié couché, ce divan n'a pas dû en voir beaucoup défiler des coupes de champagne. Qu'est-ce qui est triste Jack ?

— Hmmm, ne m'en veux pas, ce que je trouve triste c'est que tu poses la question, ce qui est triste c'est ce mot, cette expression : *la chair à canon.* Au début de nos consultations Clément m'a rapporté ces mots du président, prononcés et selon lui répétés à l'infini : *nous sommes en guerre !* Vrai ou faux ?

— Vrai, tout à fait.

— Combien de fois l'a t'il claironné, six, huit, dix… du pilonnage ! Comme pour tout depuis le début je n'ai rien vu, rien entendu, mais j'imagine assez bien, le mot guerre rend les populations fatalistes, résignées, on leur fait peur, on les affole, elles sont prêtes à accepter n'importe quoi, courber l'échine, rester prisonnier chez soi, remplir un document pour aller acheter son pain ou un litre de lait, c'est bien cela hein ?

— Oh, s'il n'y avait que cela, la liste est longue tu sais...

— Oh mais je sais, contrôle des corps à des fins sécuritaires, on ferme les stades, les gymnases, les piscines et les salles de sport. Contrôle des esprits, on interdit la vente des livres, dans les supermarchés on bâche avec précipitation le rayon des produits culturels, c'est bien cela ? On oblige les individus du monde entier à dissimuler les traits de leur visage, les enfants qui naissent dans ce monde ne savent pas ce qu'est un sourire. Tu te rends compte, le rêve des musulmans intégristes se réalise : voiler toutes les femmes de la planète... Clément m'a même signalé que le... comment vous l'appelez déjà... ? Le... Conseil Scientifique, oui, voilà, le Conseil Scientifique recommandait aux gens de ne plus s'adresser la parole dans les transports en commun, à croire que les voix ont un pouvoir de séduction aussi néfaste que les traits d'un visage.

— Il ne s'agit pas de cela.

— Non, tu as raison, il ne s'agit pas de cela, on en revient au mot guerre et à la chair à canon qui l'accompagne, le prix à payer, car tout à un coût, il paraît, c'est ce que l'on dit, je ne le crois pas.

— Si ! Je pense que si, c'est une question de monnaie, mais tout a un coût Jack, forcément.

— Et la monnaie d'une guerre ? D'une pandémie ? Le taux de change dans votre langage de banquier ?

— Je vais te dire, le prix à payer d'une guerre c'est du hard, du lourd, des décombres, des atrocités, des horreurs quoi...

La pandémie, enfin ce que l'on vit, enfin… ce qui a été décrété que l'on vivait, on pourrait appeler cela du soft, du virtuel, il n'y a pas de villes rasées, de hurlements, si des personnes meurent c'est en silence, discrètement…

— Discrètement ! Le restaurateur du coin se suicide discrètement !

— Jack, il ne faut pas tomber dans l'excès, dans la caricature, tout se fait, se construit en silence, les caméras thermiques ne font aucun bruit, les drones planent comme des oiseaux en survolant les rues vidées par le couvre-feu, chaque pays, non, j'allais dire une bêtise, chaque Compagnie met au point ses propres systèmes de surveillance des comportements déviants, regarde par exemple, tu as déjà entendu parler des colliers anti-aboiements pour chiens…

— Des chiens !?

— Attends ! Ne crie pas avant d'avoir mal, il n'est pas question de chiens, simplement des employés d'un grand groupe suédois, la Compagnie les a équipés d'un boitier collier qui émet un son de 85 décibels lorsque la distanciation sociale n'est plus respectée, l'argument massue c'est : renforcer la sécurité des collaborateurs. La sécurité Jack, la sécurité c'est le mot magique, la *yes card* qui ouvre toutes les portes.

— Ou qui les referme.

— Il s'agit de sauver des vies Jack, sauver des vies !!! Pour cela on peut tout dire, tout faire. Demain peut-être le Conseil Scientifique après avoir déconseillé aux gens de s'adresser la parole leur recommandera de ne plus échanger de regards, leurs yeux ne leur serviront plus qu'à emprunter les escalators des centres commerciaux, couper leur viande ou viser leur assiette de soupe.

— Mais toi, moi, nous faisons partie des gens dont tu parles, même si tu roules en Aston Martin.

— Elle est très belle tu sais, j'ai placé une option dessus, elle m'attend, c'est une superbe occasion, un modèle 2016.

— Quelle couleur ?

— Couleur est un mot vulgaire pour une Aston Martin, elle est MIDDLESEX GREEN.

— Verte alors ?

— On peut dire comme ça.

— Qu'est-ce que l'on pourrait dire encore ?

— Quoi d'autre ?

— Cela te rend heureux ?

— Oui ! Énormément, c'est…, c'est le marché… Encore une goutte ?

— Non merci. Oh ! Bon sang ! On a disjoncté, merde, on ne voit plus rien, ne bouge pas, je vais au tableau électrique, on a dû péter un plomb…

— Pas la peine Jack, regarde dehors, c'est général, il n'y a plus une lumière, rien, plus rien, le noir total.

— Vrai ! Alors c'est le monde entier qui a pété un plomb, cela devait arriver, cette… cette ville subitement noire et silencieuse, muette… Quand j'étais gamin je me souviens d'un matin magique, durant la nuit il avait neigé, tout était blanc, immaculé, merveilleux, là ce soir on dirait qu'il neige des ténèbres…

— Tu as une lampe ou des bougies ?

— Oui, dans la cuisine.

— Alors on est sauvé. Allez, en attendant juste une petite dernière, ce serait dommage, après il risque un peu de s'éventer, il n'aura plus la même saveur, tiens fais bien gaffe, approche ta coupe, une goutte à la santé du monde d'après, mon ancien boss disait une larme.

-Une larme ?! Bon alors oui, va pour une larme. »

FIN

Composition, mise en page, couverture :
AG solutions créatives
Photos : Wikilmages, E.Robert